蜘蛛 轉生成 又怎樣！1

作者：馬場翁 okina baba
插畫：輝竜司 tsukasa kiryu

Kadokawa Fantastic Novels

contents

有一個勇者和魔王之間的戰鬥反覆上演的世界。
在這場戰鬥中使出的時空大魔法，在日本某間高中的教室裡爆發。
教室裡的所有人都被魔法直接擊中，輕而易舉就被奪去生命。
他們的靈魂散落在異世界中，分別轉生為全新的生命。

1　開場就是高潮

嗚呃喔啊——！

我想大聲慘叫，卻連呻吟聲都發不出來。

這表示我目前的身體狀況糟糕到這種地步嗎？

ＯＫ，我要冷靜。

身上沒有疼痛的地方。

我還記得上古文課時，突然感到一陣劇痛的事。

我八成是因為那陣劇痛昏死過去，但現在身上完全不會痛。

然而，即使我睜開雙眼也只能看到一片黑暗，連自己身在何處都搞不清楚。

不，這感覺比較像是身體被某種東西覆蓋，讓我動彈不得。

這可不是我的錯覺，我好像真的被某種有著微妙彈性卻不失硬度的神祕物體包住了。

從外面傳來細微的喀沙喀沙聲響。

咦？現在是什麼情況？綁架？

不不不……

誰會想要綁架我這種沒人要的女生？

雖然心中滿是疑惑，但當務之急應是設法脫逃才對。

我聽到「啪哩」一聲。

喔，我稍微用點力，包覆著我的神祕物體就開始破裂了。

很好，就這樣弄破這鬼東西逃走吧！

我繼續使勁掙扎，成功弄破一個洞。我從頭爬了出來。這樣我就自由啦！

眼前有一大群不斷蠢動的蜘蛛。

搞什麼啊！給我等一下！噁心死了！

這群巨大蜘蛛軍團到底是怎麼回事！每一隻都跟我差不多大耶！咦？牠們還從跟蛋很像的東西裡不斷爬出來！原來我剛才聽到的喀沙喀沙聲就是這聲音！

我忍不住倒退兩步。腳不小心撞到某種東西，讓我回頭一看。

嗯？

這是什麼……？我剛才爬出來的東西嗎？總覺得看起來跟蜘蛛軍團的蛋有點像……這是我的錯覺嗎？不，別說什麼像不像了，根本就一模一樣吧。

我再次看向自己的身體。脖子沒辦法轉動。不過，視野的角落還是映照出疑似我的腳的東西。

……那是蜘蛛的腳。

喔喔喔喔喔喔喔喔我我我我要冷靜——————！

這……這該不會就是那個吧？是那個吧！現在網路上最流行的那個！

不不不！

不是這樣吧？拜託告訴我不是！

我再次斜眼看向旁邊。那裡有一隻跟在周圍亂竄的蜘蛛的腳長得一樣，有如細長鐵絲般的腳。

我試著移動那隻腳，而腳也照著我的想法移動。

嗯。這樣一來我也只能乖乖認命。

看來我好像轉生成蜘蛛了。

我不能接受。

但我連迷惘的時間都沒有，就聽到啪哩啪哩的聲音。這聲音聽起來有些危險。

嗯。

不能逃避現實。眼前只有八成是我兄弟的蜘蛛軍團。如果有聲音，肯定是牠們發出來的。

我悄悄地將視線移回前方，結果看到正在啃食同伴的蜘蛛。

哇呀——！這些傢伙在搞什麼飛機啊！咦？吃同伴？他們在同類相食嗎？

兄弟們在我眼前展開以血洗血的生存鬥爭。

不不不不！這樣不對吧！

為什麼本是同根生的兄弟非得殺個你死我活不可？啊，是為了吃飯嗎？牠們肚子餓了對吧？其實我也挺餓的……

啊！不行不行。

我一個不小心就逃避現實了。要是身處在這種戰場之中，像我這樣柔弱的高中女生很快就會被男人們的毒牙襲擊！這可不是比喻，完全就是字面上的意思！

這種時候，果然還是三十六計走為上策。

戰鬥？不可能。

我可是貨真價實的回家社社員，根本不可能打得過那種既暴力又噁心的魔物。啊，我現在長得跟牠們一模一樣。

嗯。

如果有時間胡思亂想，還不如趁機逃跑。雖然我這麼想，但好像慢了一步。「咚」的一聲地鳴突然響起。這次又怎麼啦？聲音和震動是從後方傳來。我轉身一看，結果看到一隻必須抬頭仰望的超大型蜘蛛。

喔，是老媽嗎？還是老爸？

不行不行。

腦袋又陷入混亂了。話說回來，這傢伙會不會太巨大了！看上去應該比我大上幾十倍吧。

如果我的記憶沒錯，地球上好像沒有這麼巨大的蜘蛛耶。

啊。

大蜘蛛咻啪咻啪地用腳尖把小蜘蛛串起來吃掉了。

感覺像是在吃零嘴一樣。

老媽……居然連妳都這麼狠毒……！

晚點再思考好了。現在還是先想辦法平安逃離這裡，以活下來為目標吧！

我全速逃跑，跑到累得動彈不得才終於恢復冷靜。就算轉身看向後方，也看不到追過來的傢伙。

唉……我還以為死定了呢。剛出生就死掉，可一點都不好玩。

好啦，既然鬆了口氣，就來好好思考幾個問題。

首先，我為什麼會死？

不對，仔細想想，我只是認為自己曾經死過罷了。

雖然我擅自認定自己在死後轉生成蜘蛛，但我沒有自己死掉時的記憶。

我最後的記憶，好像是外號岡姊的老師正在朗讀古文吧？
雖然我當時正在打瞌睡，卻突然感到一陣劇痛，然後就什麼都不記得了。
如果我真的死了，原因八成就是那陣劇痛吧……
畢竟我連那陣劇痛的原因都想不到。
目前最有可能的情況，就是我確實在當時死亡，然後轉生成蜘蛛了。
我能想到的另一種情況，就是我其實沒死，只有靈魂附身在蜘蛛身上。
而我原本的身體則躺在醫院病床上，變得跟植物人一樣。
如果換個更加異想天開的想法，我可能只是擁有我的記憶的陌生人。
而真正的我說不定現在正若無其事地乖乖聽課。
嗯……
一旦開始這麼想就沒完沒了。畢竟我其實不是我這種事，根本無從證明。
因為我是我，所以我就是我。這種話就連說的人都會覺得莫名其妙。
再說，當轉生這種異想天開的事情變成最有可能發生的情況時，就應該把常識丟到一邊了。
總之，先不管這個問題吧。
我思故我在。我要懷著這樣的精神，假設我就是我，設法繼續活下去。
因此，我不能否認現在的我是隻蜘蛛這個事實。
因為當我忙著逃命時，還能做出人類辦不到的誇張跳躍動作。

可是，如果我是蜘蛛的話，那剛才看到的超大型蜘蛛又是什麼？

嗯……

從狀況看來，那該不會真的是我的母親或父親吧？雖然我不是很清楚蜘蛛的生態，但會吃掉孩子的父母在自然界中應該並不稀罕。畢竟那些傢伙打從出生就開始同類相食，就算父母會吃掉孩子，好像也不是什麼不可思議的事。

如果那隻超大型蜘蛛是我的父母，是不是表示我總有一天也會長到那麼大？

光是想想就覺得有些噁心。

啊……不行不行，我得把偏離正軌的思緒拉回來。

簡單來說，我在意的事情只有一件。

那就是，我該不會變成魔物了吧？

雖然轉生在網路小說中是一大主流，但其中還有一種較為特殊的轉生故事。

也就是所謂的魔物轉生。

我轉生成地球上的尋常蜘蛛了嗎？還是說，這裡是不同於地球的異世界，而我轉生成不尋常的蜘蛛了呢？

雖然我不覺得剛才看到的那隻超大型蜘蛛是普通蜘蛛，但如果真是這樣，那我求生的難度好像會變得更高些。

不行。情報太少了，搞不懂的事情實在太多。

這裡到底是不是地球？我是魔物還是普通蜘蛛？如果這裡是異世界，又是個什麼樣的世界？

想知道的事情跟山一樣多，但我沒有得到答案的手段。

啊……我記得遇到這種狀況時，小說裡好像都是用鑑定技能來收集情報。

《目前擁有的技能點數是１００。可以使用技能點數１００取得技能〈鑑定ＬＶ１〉。要取得嗎？》

什麼！咦……？真的假的？腦海中突然響起像是機械又像是廣播般不帶感情的聲音，害我嚇了一跳。而且還是連嚇兩次。

第一次是被聲音嚇到。

第二次則是被技能這種東西真的存在嚇到。

地球上根本沒有技能這種東西，也不會聽到這種跟廣播一樣的聲音。

也就是說，難道這裡不是地球？很有可能。

這麼一來，我其實是魔物這個推論自然就變得有真實性了。

雖然我覺得在異世界變成魔物好像是一種死旗，但現在還是別想太多了吧。

話說回來，原來真的有啊……鑑定技能真的存在耶！呀呼——！我開始興奮啦！情況終於開始變得像是異世界轉生了！答案當然是ＹＥＳ！

《成功取得〈鑑定ＬＶ１〉。剩餘技能點數是０。》

雖然一口氣用光技能點數，但現在就別管那麼多了吧。

比起！這種！小事！

現在還是先用終於到手的鑑定技能到處調查吧！

我隨便找了顆掉在地上的石頭，在心中默唸「鑑定」。

好像成功了耶！情報迅速傳入我的腦中。

〈石頭〉

…………嗯？咦？就這樣？

不不不……

不可能有這種事吧？我第一次使用技能，所以剛才肯定是失敗了。再試一次看看吧。

〈石頭〉

…………咦？難不成真的只有這樣？

不不不不……

一定是因為這顆石頭完全沒有調查的價值，就只是顆普通的石頭！這次就朝向牆壁鑑定看看吧。說不定可以查出這裡是什麼樣的地方。只要能得知「〇〇洞窟」這樣的名稱和說明，心情也能輕鬆許多。

〈牆壁〉

…………我已經懶得吐槽了。

看來我得多思考一下〈鑑定ＬＶ１〉後面特地加上ＬＶ的意思了。

也就是說，ＬＶ１只能發揮出幾乎派不上用場的效果對吧？

說不定只要提升ＬＶ就能解決這個問題，但我已經把技能點數全用光了……

呃啊——！我怎麼會做出這麼浪費的事！

雖然不知道還有什麼樣的技能，但說不定還有其他更有用的ＬＶ１技能啊！

不，這種時候就是要逆向思考。既然鑑定都這麼廢了，其他的ＬＶ１技能肯定也很廢。這樣想就對了，不這樣想我會受不了。

唉……我不能接受……

順便鑑定自己看看吧。

〈蜘蛛　無名〉

嗯？雖然我知道結果會是蜘蛛，但無名是什麼意思？

我是蜘蛛，但還沒有名字的意思嗎？

嗯……雖然我記得前世的名字，但現在身為蜘蛛的我還沒有名字嗎？

總之，先忘了這個沒什麼用的鑑定技能吧。話說，因為這個鑑定技能的緣故，我搞不懂的事情又變多了。

那就是我用來取得鑑定技能的技能點數。我想只要賺到這種點數，就能取得新技能了。不過，我不知道賺取這種點數的方法。

又是ＬＶ又是技能又是點數的……這個世界感覺就像是遊戲。

算了，這樣好像很有趣，所以我其實並不討厭。

雖然不知道我有沒有心情享受就是了……

總之，我肚子餓了。

一直待在同一個地方也不是辦法，我差不多該到其他地方尋找食物了。

我本來只是想隨便走走，但這個洞窟也太大了吧！

雖然是和現在的我相較之下的結果，但天花板高到必須抬頭仰望，寬度也同樣驚人。

拜四處隆起的岩石所賜，讓這裡感覺有些雜亂，但依然是個相當寬廣的洞窟。洞窟裡的道路也分成好幾條。

我爬到一塊差不多大的岩石上面，偷偷看向道路的前方。我好像看到什麼了……！前面有一大堆光看外表就知道是魔物的奇怪生物。

〈鹿〉〈蝙蝠〉〈狼〉〈狼〉〈狼〉〈狼〉〈狼〉〈狼〉……

好……好痛！頭好痛！也許是因為利用鑑定得知的情報一口氣傳進腦袋，頭痛得要命。

可是，雖然名稱是鹿，而且外表也有點像，但我知道的鹿可沒有長著那種跟名刀一樣閃閃發光的角。就連在空中振翅飛翔的蝙蝠，也比較像是長著惡魔翅膀的醜陋嚙齒動物。相較之下，狼就正常多了……我才剛這麼想，就發現那些狼有六條腿……

闖過這裡？我不可能辦到吧？別太勉強剛出生的小蜘蛛了，這難度未免太瘋狂。

我躡手躡腳地爬下岩石。

啊～有魔物耶～這裡不是地球耶～

還有，要是那些鹿跟狼的體型跟地球上的一樣大……

不要想！不要再想了！

好啦，接下來該怎麼辦？

前面有魔物古堡，後面是蜘蛛地獄。咦？我是不是走投無路了？

不，慢著，我要冷靜。

我早就料到可能會有這種事，已經準備好解決對策了。

不過這個對策其實也沒什麼大不了的，就只是再找另一條路罷了。因為這條路太大，讓旁邊的另一條小路變得不是很顯眼。那條小路看起來像是牆壁上的不顯眼破洞，但依然有三公尺左右的高度，寬度也差不多，要通過並不是難事。

總之，我還是以找到食物為目標努力探索吧。最好是能找到這個洞窟的出口。

既然下定決心就出發吧！

雖然我意氣風發地開始前進，卻不小心迷路了。

呃……我可以再重複一遍嗎？這個洞窟真是太大啦！喂，這個超級大的迷宮是怎麼回事？

從剛才開始，道路就一直分歧個不停耶。

分歧的次數？超過十次之後我就放棄繼續數了。

我還遇到一狗票的魔物。因為每次遇到魔物都得逃命，我連原本走的路是哪一條都找不到了。

唉……我不能接受……

如果要攻略這個迷宮，就不能沒有地圖。現在不是找尋出口的時候了。

還有，我發現不得了的東西了。

殘留在地面上的那東西……是人類的腳印。

地上明顯殘留著好幾個人的腳印。換句話說，這裡有人類出沒。這就表示有人類生存在這個世界。人類存在這件事讓我有些感動。

不過相對的，我也發現一件有點……不，是相當糟糕的事。

那就是我的身體遠比人類的腳印來得大。

如果跟這些腳印的主人做比較，我的身長應該有一公尺左右……

不，這肯定是因為腳印的主人是小矮人。

一定是這樣沒錯。哇哈哈哈！

不能會有這種事吧……不可能不可能。

唉……嗯。

早在看到那隻超大型蜘蛛時，其實我就隱約察覺到了。現在的我不管怎麼看都是隻魔物啊！感謝老天爺！

唉……雖然我一直不願面對，但終究還是不得不面對這個無可撼動的事實。

光是轉生成蜘蛛的打擊就已經夠大了，居然還是隻魔物。

這真是讓人沮喪。有些人搞不好還會就這樣絕望到自殺。不過，我還沒有沮喪到想死的地步就是了。啊，可是我也不能一直這樣沮喪卜去。

如果這裡不是地球，而是異世界的話，就無法預期會有什麼樣的危險。沒人能保證不會再出現其他跟那隻超大型蜘蛛一樣可怕的魔物。若是從我的體型來推算，那隻超大型蜘蛛的身長應該有三十公尺左右吧……

人類有辦法打贏那種鬼東西嗎？不可能吧？不管怎麼想，那都是頭目級魔物吧？

這麼說來，難道我是那隻頭目級魔物的孩子嗎？

這樣好像有點不妙耶。

雖然答案已經很明顯了，但我是不是只要一遇到人類就會被殺掉啊？

有可能……不，應該是很有可能才對。

我突然看到滾倒在腳印旁邊的某種物體。

那是什麼？

有些在意的我定睛一看，才發現那是被解體的蜘蛛屍體。

啊，是跟我同種類的蜘蛛耶～

解體得真是乾淨俐落。這八成是人類做的好事吧。

這不就是最糟糕的狀況嗎！

要是被人類發現，我肯定會被殺掉！

魔物圖鑑
file.01

小型次級蜘蛛怪

LV.01

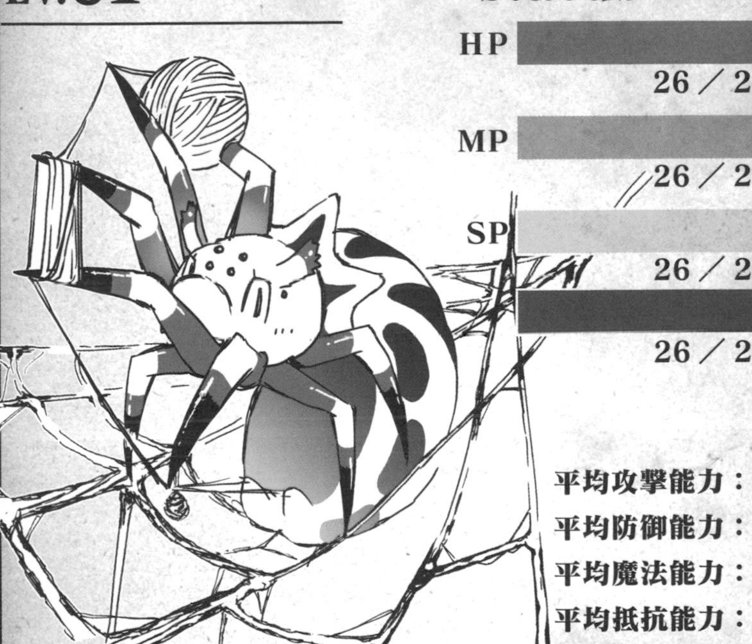

status【能力值】

HP 26／26

MP 26／26

SP 26／26

26／26

平均攻擊能力：8
平均防御能力：8
平均魔法能力：8
平均抵抗能力：8
平均速度能力：8

skill【技能】

「毒牙LV1」「蜘蛛絲LV3」「夜視LV9」
「毒抗性LV1」

弱小。討伐危險度是最低的F。不但能力值低，而且只會傻傻地衝過來，所以能夠輕易討伐。不過偶爾會出現築巢的個體，此時的危險度就會大幅提升。一旦發現蜘蛛巢就應該優先破壞。蜘蛛絲怕火，蜘蛛本體也怕火。

S1 日常生活終結的一刻

那天是平凡無奇的一天。上學、跟朋友閒聊、聽課、回家打電動、吃飯洗澡睡覺……那天原本應該也會是這樣才對。

那一天，我揉揉惺忪的睡眼，拖著半醒的身體去上學。

這都是昨晚熬夜玩網路遊戲的報應。

來到學校後，我一邊打呵欠一邊走進教室。

「早。」

「早安。」

「嗨……怎麼啦？你看起來快睡著了耶。」

我向同班的朋友——笹島京也和大島叶多打了聲招呼。

這兩個傢伙都跟我玩同一款遊戲，也就是俗稱的遊戲夥伴。

「哼，聽了你們會嚇死。我昨天跟禿頭先生組野團了。」

「真的假的！」

「哼，當然是真的。拜此所賜，我昨晚幾乎沒睡。」

「嗚哇……真的假的……是在我下線之後嗎？」

叶多昨天陪我玩到一半。

不過他說差不多該上床睡覺，就先一步登出了。

「可惡。早知道會這樣，我就不會那麼早下線了！」

叶多發自心底感到懊悔。不過，正是因為叶多退出，我才會找野團，要是叶多沒有下線，我應該也不會跟禿頭先生組團吧。

「然後呢？親眼見到的禿頭先生如何啊？」

被京也這麼一問，我立刻想起禿頭先生英勇的模樣。

「那已經不是人類所能辦到的事了。你相信有人能夠一邊前進，一邊閃躲貝斯貝爾魔女的魔法嗎？」

「真不愧是禿頭先生。韋駄天這個稱號果然不是浪得虛名。」

「不，就算在速度上投資再多點數，要是沒有足夠的技術也辦不到那種事。最後果然還是要靠這個。」

叶多一邊輕拍自己的手一邊說。

確實如此，就算擁有同樣能力值和同樣裝備，我也不認為自己辦得到跟禿頭先生一樣的事。

「啊～好想轉生到遊戲的世界啊～」

「這個主意不錯。今天放學後要不要一起去練等？」

「好啊。」

「我也贊成。盡可能找個難打的地方特訓吧！」

當我們取得共識時，鐘聲正好響起。於是我們當場解散，分別回到自己的座位。

此時的我還不曉得，這個約定永遠沒有實現的一天。

「咦？」

回到位子上準備上課後，我才發現書包裡沒有筆盒。

這麼說來，為了把遊戲裡的情報寫下來，我昨天好像有用過筆盒。

我大概是忘記把筆盒放回書包了吧。

「糟糕……」

「怎麼了嗎？」

坐在旁邊的長谷部結花對我的聲音做出反應。

「我忘記帶筆盒了。」

「哎呀。沒辦法，我的借妳用吧。」

說完，長谷部便把自動鉛筆跟橡皮擦遞給我。

「不好意思……」

「嗯。收你一份甜點就好。」

「原來不是免費的喔！」

我一邊苦笑一邊揮手答應。我不曉得這也是個無法實現的約定。

然後，在上古文課時，那件事發生了。

好想睡。我努力抵抗強烈的睡意。

「好啦好啦，專心看這邊喔。我們從課本第三十七頁的第一行開始。我想想……就麻煩在上課時偷玩手機的漆原幫大家翻譯一下吧。」

「嗚哇！」

被點名的漆原美麗驚呼一聲，趕緊把手機藏起來。

坐在她旁邊的夏目健吾努力憋笑，但他自己也正不動聲色地偷玩手機。

「別一副事不關己的樣子喔，夏目同學。要是漆原答不出來，下一個就輪到你了。」

同樣偷玩手機的夏目被外號岡姊的岡崎香奈美老師直接抓包，讓教室裡響起一陣小小的笑聲。

被眾人取笑的夏目雙頰一紅，露出可憐兮兮的表情。

笑最大聲的人是跟夏目交情最好的櫻崎一成，他還特地從最前排的座位回過頭來，用手指指著夏目大笑。

「好啦好啦。大家安靜。漆原請作答。」

結果被點名的漆原和下一個被點名的夏目都答不出來，讓教室裡再次響起笑聲。

岡姊在這樣和樂融融的氣氛中開始朗讀。

她的聲音在我耳中聽起來就像是搖籃曲。

我發現自己快要睡著，抬起盯著課本的視線看向前方。

絕大多數學生都低頭看著課本。

因為只要不認真上課，就會重蹈漆原和夏目的覆轍。

雖然岡姊平時溫柔和善，但要是我們翹課或態度不認真，就會立刻變身成狠角色。

在這樣的情況下，我的視線停在某位學生身上。

映入眼簾的是坐在左前方座位上的女學生。她叫作真貞子。那不是她的本名。

真人版貞子——簡稱真貞子。

她不但骨瘦如柴，臉色蒼白，還總是掛著陰沉的表情，是一個詭異的女生。

雖然我不太想說別人的壞話，也知道自己不該這樣，但我還是覺得無論如何都跟她合不來。

真貞子彷彿是在嘲笑跟睡意苦戰的我，光明正大地打著瞌睡。

我懷著不悅的心情，將視線從真貞子身上移開。

然後我看到了。那是一道裂縫。

教室裡的其他人應該都沒發現那道裂縫吧。

在教室正中央的上方，原本一無所有的空間中出現了一道裂縫。那東西只能用裂縫這兩個字來形容。而且那道裂縫還逐漸變大，好像隨時都會整個裂開。

儘管看到那東西，我也只能愣在原地，完全束手無策。

就算我能做些什麼，結果八成也不會改變吧……

裂縫一股作氣裂開。我在同時感到一陣可怕的劇痛。

然後我——我們就這樣死了。

2 房租零圓的家

對了，來築巢吧。防犯對策萬全的巢。

我已經放棄逃出這個迷宮的想法。要是在這裡隨便亂晃，也只有被突然遭遇的強敵殺掉的未來在等待著我。不管是魔物還是人類，對現在的我而言都是強敵。就算寫成「強敵」，也絕對不是唸成「好敵手」或「朋友」，我面臨到貨真價實的生命危險。

再說，從這裡有人類出入這點看來，就算成功找到出口，我也可能無法出去。

一旦被人發現，我就會被殺掉，而出口附近說不定就有人類的聚落。

因為這個緣故，我決定要在這個迷宮裡活下去。

然後，為了在這裡活下去，我必須搞定食衣住的問題。

關於衣的部分，我不認為蜘蛛有這個需要。因為這裡的溫度還算舒適。

問題在於食和住的部分。

問題：蜘蛛的主食是什麼？答案：其他昆蟲。

嗚嗯……我想也是。所謂的填飽肚子就是這麼回事吧。

而且，從我這種遠大於地球上的蜘蛛的體型來看，捕食的對象應該也不限於昆蟲。具體來說，大概就是其他魔物……雖然我不太願意這麼想，但人類可能也是……

仔細想想，我的兄弟們才剛出生就開始同類相食，而疑似我父母的超大型蜘蛛也若無其事地享用自己的孩子，看來我所屬的種族很有可能把所有生物都當成獵物。

更何況，在這種洞窟裡，我也沒有其他選擇。換句話說，如果要填飽肚子，我就只能獵食其他魔物。

在這種逼不得已的情況下，就算是再噁心的東西也得吃，要不然就只能餓死。

我手邊有一個勉強算得上食物的東西。

那就是剛才找到的解體完畢的蜘蛛屍體。

雖然牙齒和腳都已經被拿走，但身體的部分還留下不少。

只要吃下這個鬼東西，我今天應該就不需要擔心食物的問題了，但前提是吃得下去……

突然要我生吞蜘蛛的難度果然太高了，更何況這傢伙八成是我兄弟。

不管是在外觀上還是倫理上，都讓我想要敬而遠之。

因為這個緣故，我決定先不吃這傢伙。

再說，就算吃下這傢伙，也只能撐一段時間。

考慮到我未來都得在這個迷宮中過活，就得找到能持續得到食物的手段。

不過，如果要吃掉其他魔物，就一定要把魔物解決掉才行。

老實說，我可沒辦法跟魔物戰鬥。

我這個特長只有玩遊戲的弱女子，根本不可能跟魔物玩真人快打。

經過一番苦思後，我得到的結論就是築巢。

說到蜘蛛，第一個想到的當然是蜘蛛巢！

蜘蛛能吐出具有獨特黏性的蜘蛛絲來築巢，並且捕捉獵物。

只要能順利築巢，不光是吃的問題，就連住的問題也能一併解決。

洞窟這樣的地形也是一大利多。

因為我能在各種地方布網。

既然這麼決定了，那就趕快來建設新家吧！

我扛著兄弟的屍體，尋找人類不會接近的好地方。

咦？你問我為什麼要扛著這種東西？

這是為了保險起見。因為要是遇到緊急情況，恐怕也由不得我挑三揀四。

我找到一個T字路口，因為這裡完全沒有人類的腳印，所以我決定在這邊築巢。

先從吐絲開始吧。我記得蜘蛛好像是從屁股吐絲吧？先來試試看再說。

我才剛這麼想，就發現屁股上已經有一條絲了。奇怪？我不記得自己有吐出這種東西啊。

而且這條絲還一直延伸到遠方。難不成我一直拖著這種東西走來走去？

嗚哇……丟臉死了！

感覺像是沒發現自己（嗶——！）就已經（嗶——！）了一樣。

先不管這條在不知不覺間吐出的絲了。

築巢大作戰開始嘍！

我滿意地看著鋪好的網子。漂亮的蜘蛛網已經堵住洞窟的通道。

嗯……這就是所謂的本能嗎？開始築巢後，身體就自己動了起來，在轉眼之間鋪好網子。

不過，網子並非密不通風，而是預留了足以讓我勉強鑽過的空隙。

你問我為什麼要這麼做？當然是為了確保逃脫路線啊。

我的所在位置是T字路口。為了堵住這裡，我在每一條通道上都鋪了網子。

但要是把路徹底堵死，就會讓我無路可逃。

雖然我覺得不太可能，但說不定會出現有辦法突破這些網子的強敵。

因此，為了能在情況危急時順利逃命，我才會刻意留下通道。

我在三個方向的通道上都鋪好網子，成功確保自己的安全，還準備好遇到危險時的退路。

理想的繭居空間完成嘍！我家真是太棒了。

再來只要網子能定期抓到獵物，就沒有可以挑剔的地方了。

如果能滿足這個條件，我甚至能一輩子窩在這裡。

太完美了！

雖然我以前有去上學，卻過著跟繭居族幾乎沒兩樣的生活。就算我到了學校，也不會跟任何人交談，一回到家就拚命上網或是玩遊戲。三餐不是泡麵就是冷凍食品，偶爾也可能換成便利商店的便當。

我家是雙薪家庭，父母都很晚回家。就算他們回家，我們也不會碰面。大家都只會各自做好最低限度的家事。老實說，我們根本就是住在同一間房子裡的陌生人。明明是自己父母，卻連長相都想不起來，就某種意義上來說也挺厲害的。

就算是那樣的父母，也會為我的死感到一絲悲傷嗎？

應該不會吧。不過少了我買賣股票的收入，說不定會讓他們感到難過就是了。

我經常靠著股票賺點小錢，當成房租交給父母。或許他們會因為那些錢感到難過吧。

我跟家人之間的感情就是冷淡到這種地步。

也許因為過著那樣的生活，我十分厭倦跟別人溝通這件事。

與其說是因為生活的緣故，倒不如說我的個性或許本就如此。

因此我沒有朋友這種東西，就連在網路遊戲中聊天時，我也幾乎不會發言。

我在網路遊戲中選用的角色，也有著同樣不喜言詞的形象。

角色外表也是硬派的禿頭大叔。他是個不說廢話，用背影訴說一切的硬漢。

能力值也是追求浪漫的高手點法，物理攻擊力和速度全都點滿，但其他能力一概不點。

只要不被敵人的攻擊擊中就不會有問題！我把一切都賭在閃躲技巧上，靠著打帶跑戰術擊敗敵人。不過只要被打中一下就必死無疑！

嗯……

雖然見不到父母和學校同學是無所謂，但再也見不到那位禿頭大叔讓我有些寂寞。因為在沒有課金的玩家之中，我是少數練到足以對抗課金玩家的高手，所以放棄這個玩到一半的角色，讓我感到有些遺憾。

沒想到比起親生父母，我居然更重視遊戲裡的角色，看來我這個人已經沒救了。

不過事實就是如此。我這人果真是廢到極點了。

而明知如此也不在乎，就是廢人之所以是廢人的原因。

這種時候就該像個廢人一樣大聲宣言。

家裡蹲萬歲！呀呼！

我用兩隻前腳拉著一條又白又細的絲。

往外一拉，絲就跟著變長。

當我力量放輕，絲就慢慢變回原本的長度。

嗯。跟我想的一樣，絲變得跟橡皮筋一樣了。

你問我在做什麼？

我在對絲做各種實驗。

因為如果想要在這裡求生，這條蜘蛛絲可說是我的救命繩。

只要想到這點，確認蜘蛛絲的性能就成了當務之急。

我不斷吐出蜘蛛絲，然後逐步嘗試調整粗細、黏性、韌性和伸縮性。

粗細的調整還算簡單。

雖然沒辦法讓絲變細到肉眼看不見的地步，但可以變得跟頭髮差不多細。

在這個昏暗的迷宮裡，這種程度的細絲應該很難被看見了。

只不過，我在之後的韌性實驗中得知，一旦絲變得越細就越容易斷裂。

不過這也是沒辦法的事。照理來說，越細的東西本就越脆弱。

反過來說，絲越粗就會越強韌。

現在的我能吐出最粗的絲大約是直徑兩公分左右。大概跟一般繩索差不多粗吧？

不過這只是直接吐絲時的極限，如果我想讓絲加粗，還可以用把好幾條絲綑在一起的方法增粗；雖然這樣也比較費力就是了。

老實說，我有點後悔做了黏性的實驗。

雖然我還以為蜘蛛絲都具備黏性，但其實也有完全沒有黏性的絲。

蜘蛛之所以不會被自己的絲黏住，都是因為活用了這種沒有黏性的絲。我在靠著本能布網時理解了這個道理。

雖然我為了更深入了解其中原理而做過實驗，但結果就是全身都被網子纏住。

呃……嗯。

蜘蛛之所以必須分別使用有黏性的絲跟沒黏性的絲，是因為有這個必要。要是不這麼做，就會被自己的絲纏住。

而我這個蠢蛋就被自己吐出的蜘蛛絲纏住了。

我慌張了。事實上，要是一個弄不好，我就會死在自己設下的陷阱中，迎接蠢到不能再蠢的結局。

我不可避免地學到一個教訓，那就是如果從屁股吐出來的絲還連在屁股上，就能在某種程度上改變其性質。之後，我試著讓已經切離屁股的絲改變性質，結果發現性質依然會有些許改變。真不愧是奇幻世界。

我重新打起精神，確認絲的韌性。

雖然我已經知道絲越細就越脆弱，絲越粗就越強韌，但可惜我還是不曉得絲能夠承受多大的力量。

你問我為什麼？因為一旦把韌性設為最強，不管我再怎麼用力都無法把絲切斷。可怕的是，就算用牙齒咬，也沒辦法把絲咬斷。

一旦被這種絲纏住，絕對無法輕易掙脫。

不過，如果是力量比我大的魔物，說不定可以把絲扯斷，所以絕對不能過度自信。

而最後的伸縮性實驗的結果，就是現在在我手中抖動的絲。

嗯。

這種跟橡皮筋一樣的絲看起來很好用。只要隨便捆住石頭之類的東西，就能當成簡單的投石器來用。

除此之外應該還有不少用途，運用範圍相當廣。

實驗結果讓我相當滿足。

但我遇到一個無法忽視的問題。那就是吐出的絲越多，消耗的能量好像也會越多。

換句話說，我現在肚子非常餓。

也許是因為原本就空著肚子，我現在覺得自己餓到快死掉了。

不可思議的是，雖然我完全不覺得口渴，但肚子飢餓的程度非比尋常。

再這樣下去我會餓死。

總覺得在見到明天的太陽之前就會沒命。不對，這裡是洞窟，我無論如何都見不到太陽。

為了避免餓死，我得吃點東西才行……但我手邊只有為了保險起見而帶來的那個……

你要我吃那個？

啊……可是再這樣下去，我真的會餓死。

反正要在迷宮裡生存，本來就只有生吃魔物這個選擇。

好。作好覺悟吧。

雖然出生後第一次吃的東西就是兄弟的屍體，給人一種罪孽深重的感覺，但事到如今也別無

選擇了。

那我要開動了。

嗚哇……超難吃。好苦。但我還是忍耐著吃了下去。

現在的情況，不允許我因為難吃就不吃。

我忍耐著吃光兄弟的屍體。

拜此所賜，我成功填飽肚子，暫時不怕餓死了。

呼……多謝款待。

《滿足條件。取得稱號〈食親者〉。》

《基於稱號〈食親者〉的效果，取得技能〈禁忌ＬＶ１〉、〈外道魔法ＬＶ１〉。》

什麼？

我聽到跟取得技能時一樣的廣播聲了。

我就把這個聲音暫稱為天之聲吧。

他……他說稱號？

就是那個嗎？只要達成特殊條件就能得到的東西？

雖然我想八成是這樣，但我得到的是極其不名譽且獵奇的稱號……

「食親者」……這個光是聽名稱就知道很糟糕吧！

別人應該看不到我的稱號吧？不，如果鑑定的等級夠高，說不定就看得到。

嗚哇……

要是被人看到的話就完蛋了。

不過，我本來就是隻魔物，就算沒被人類看到稱號，光是看到外表應該就出局了。

但如果無視名號不好聽這點，這個稱號帶來的好處似乎不小耶。

畢竟我一口氣得到兩個技能。

只要能得到稱號，就算不支付技能點數也能得到技能。這可是天大的好事。

我還以為目前技能點數為零的我無法取得新技能，光是知道還有其他方法能得到技能，就已經算是賺到了。

而我得到的新技能是禁忌與外道魔法。

禁忌這個技能光是聽名字就覺得很危險，但我完全不知道其效果為何。老實說，我甚至想像不到這個技能的效果。

喂，拜託來個人說明一下啦。連效果都不知道，不就沒辦法用了嗎？

咦？可是仔細想想，我也完全搞不懂外道魔法的用法耶。

你說什麼？只要詠唱咒文就行了？就算你這麼說，但我是蜘蛛，不會說人話……

只能發出嘰嘰嘰的叫聲，或者說是磨牙聲比較正確……

不，就算會說話，我也不曉得該詠唱什麼咒文，結果還是用不了魔法。

我試著在心中默唸「外道魔法」四個字。

……嗯，什麼事都沒有發生。我用不出來。

先不管「外道」這個不太好聽的名稱，得到魔法這個奇幻世界的金字招牌的好心情瞬間就消失無蹤了。

難道就算有魔法技能也沒辦法立刻使用嗎？

會不會只是我沒搞懂用法？還是說，沒修練過魔法就不能使用？

我連這些問題都搞不懂耶。

奇怪？

雖然僥倖得到稱號還順便得到技能，但沒辦法使用不就沒意義了嗎？

「食親者」這個稱號根本派不上用場嘛。

啊……仔細想想，如果「食親者」這個稱號的取得條件是吃掉自己的親人，那擁有同樣稱號的兄弟應該有一狗票才對。

不過牠們還是會被人類輕易殺掉。

也就是說，就算得到「食親者」這個稱號，戰鬥能力也不會有太大的改變。

因為沒辦法用的技能根本毫無意義。

原來如此。取得條件之所以如此簡單，其中必定是有相當的理由。

取得條件簡單的稱號能夠發揮的效果也不會太高。

不過，光是知道有稱號這種東西就是一大收穫了。

只要能繼續收集稱號，說不定就能更有效率地收集技能。

來試看看還能不能取得新稱號或許也不錯。

話雖如此，但我連還有哪種稱號都不曉得。

畢竟我手邊沒有道具之類的東西，能做的事情也不多。

要是我一直跳舞的話，是不是就能得到舞孃的稱號啊？

因為這個緣故，我試著跳了一下。

結果連在腳上的絲突然傳來震動，害我摔了個狗吃屎。

好痛。痛死人了。

就算跳舞也沒能得到稱號，還摔了一跤，真是倒楣。

我重新打起精神，把注意力擺在依然不停震動的絲上。絲一直延伸到我左手邊通道的下方網子。看來有東西在那裡被纏住了。這是我的第一個獵物。

我慎重地走過去。

走到足以看見網子的地方後，我才發現有著誇張七彩斑紋的某種生物被網子纏住，掙扎個不停。

〈青蛙〉

嗯。那生物的外型真的就跟青蛙一樣。

雖然體型跟我差不多大，身上還發出七彩光芒，但外型就跟青蛙沒兩樣。

在鑑定魔物的結果中，除了被鑑定為蜘蛛的我之外，這是第一個能夠讓我接受的鑑定結果。

據說青蛙肉吃起來跟雞肉很像，食用難度並不高。

我覺得難度至少會比我剛才吃下的兄弟還要來得低上許多。

要說有什麼問題，就是這隻青蛙不管怎麼看都有毒。

嗯，顏色這麼鮮豔的生物不可能沒有毒。

再說，因為剛才吃掉兄弟，我現在肚子沒有很餓。

該怎麼辦才好呢……

嗚喔，在我慢慢考慮的時候，狗急跳牆的青蛙居然反擊了！

牠朝我吐出顏色鮮豔的液體！

啊，糟糕！雖然我這麼想，但因為我毫無防備，所以根本來不及閃躲，被那種液體直接噴個正著。

哎呀——！等等……這是什麼！好痛！好痛！

毒？這是毒嗎！被毒液噴到的地方超級痛耶！

喔哇！

第二發來了！暫停暫停！呀啊！又被噴到了！

好痛……等等……這可不是開玩笑的！撤退！撤退！

我移動軟弱無力的腳，好不容易才逃到青蛙的射程之外。

嗚哇……痛死人了。被強酸噴到應該就是這種感覺吧？我的身體沒有融化吧？

雖然感到不安，但這裡又沒有鏡子可照。

可惡。我太大意了。

對方畢竟是魔物，就算中了陷阱也不該掉以輕心。

俗話說得好，窮鼠齧貓。就算是被蛇盯上的青蛙，也不會乖乖被吃。

啊……雖然很痛，但還不至於要命。被毒液噴到的部分主要是左半身和背部。

左眼好像也被噴到一些，視野缺了一塊。

嗯？明明左眼都瞎了，視野居然只缺一塊？

啊！該不會是因為我變成蜘蛛，所以眼睛有好幾顆？八成是這樣吧。天大的新發現。

不對，這種事現在不重要。重要的是痛楚一直沒有減輕。

《熟練度達到一定程度。取得技能〈酸抗性ＬＶ１〉。》

什麼？

總覺得痛楚好像減輕了。難道不用支付技能點數也能取得技能嗎？

咦？

那我剛才用來取得鑑定技能的１００點到底算什麼？

……還是別想太多了吧。

總之，我好像取得酸抗性這個技能了。取得條件八成就是承受那隻青蛙的攻擊。嗯……不過我並不是在受到攻擊後立刻取得技能，所以感覺似乎還有其他條件。

既然有熟練度這種東西，那最有可能的條件就是持續承受酸液的傷害了吧？

還是等一下再想吧。

拜取得抗性所賜，痛楚已經減輕許多。隨之而來的結果，就是對那隻青蛙的怒火不斷從心底湧出。

那隻青蛙……區區食物也敢跟我作對！不可饒恕！

我決定了。不管那傢伙有沒有毒，我就算拚著一口氣也要吃掉牠！

既然下定決心，接下來當然就只能放手一搏！

只要別掉以輕心，那傢伙也不過是掉進陷阱的可悲獵物罷了！

青蛙第三次吐出毒液。哼，只要有所防備，要躲過這招還不簡單！

我華麗地避開迎面而來的毒液，就這樣衝向青蛙。

看招吧，本小姐的必殺技！我咬！利牙攻擊！

哇哈哈！別以為這只是普通的利牙攻擊！我是蜘蛛！牙齒可是有毒的！

吐絲時也是這樣，我自然而然就能理解這些事情。

呼呼呼……你這臭青蛙，給我就這樣毒發身亡吧！

我才剛這麼想，就聽到「呸」和「啪嚓」兩聲，在緊貼著青蛙的狀態下被毒液噴到。

哎呀——！好痛好痛！就算有抗性還是好痛！

害我忍不住鬆開嘴了！

《熟練度達到一定程度。技能〈毒抗性ＬＶ１〉升級爲〈毒抗性ＬＶ２〉。》

啊……是喔……不對，現在不是開心升級的時候吧！

這隻青蛙……一次兩次就算了，居然用骯髒的毒液噴了我三次！

不可饒恕！雖然我打從一開始就不打算饒恕，但還是不可饒恕！

我任憑怒火爆發，再次使出利牙攻擊。青蛙痛苦地不斷掙扎。

哇哈哈哈！痛吧！就是要痛死你！得意忘形的我又接連咬了好幾口。

雖然青蛙垂死掙扎了好一段時間，但動作還是越來越無力，最後終於氣力用盡。

呼……總算解決牠了。第一隻獵物就這麼難搞，未來恐怕前途堪慮。不過，我還是辦到了！

趕快開動吧！我嚼我嚼。嗯，好苦，而且嘴巴裡好痛。

苦味八成是來自毒素吧？吃起來會痛，好像是因為酸液？總之，幸好我已經擁有抗性，所以勉強吃得下去。不過，這青蛙一點都不好吃。

《熟練度達到一定程度。技能〈酸抗性ＬＶ１〉升級爲〈酸抗性ＬＶ２〉。》

雖然不好吃，但對於提升技能倒是挺有幫助的。

而且這傢伙是「我家」值得紀念的第一個獵物。

證明了我的蜘蛛絲就算面對魔物依然管用。

如果是這種程度的魔物，絕不可能自行掙脫蜘蛛絲。

我還知道，獵物確實會乖乖上鉤。

光是告訴我這麼多事情，這傢伙就已經幫上大忙了。

真是太感謝你了，青蛙先生！

不過，我還是不會忘記你吐我口水的仇。

S2 轉生

亞納雷德王國中有一位名叫修雷因・薩剛・亞納雷德的少年。

從名字便可得知，他是王室的一員。

他是側室的孩子，一出生便是第四王子。

這名少年保有前世的記憶。

他前世的名字是山田俊輔。

也就是我本人。

我前世最後的記憶，就斷在那一堂古文課。

當時，我在教室上方看到空間的裂縫，然後就不記得後來發生的事了。

空間裂縫這種東西通常不會出現在地球上。

那道裂縫八成就是我的死因了吧。

然後，我不知為何在擁有前世記憶的情況下轉生了。

轉生到這個有著技能和等級的概念，有如遊戲般的世界。

這個世界有能力值這種東西。

這種東西存在於現實而非遊戲中的話會是什麼情況？雖然不是沒想過這個問題，但我現在已經不想了。

因為這裡就是這樣的世界。我發現這樣想會比較輕鬆。

反正越是鍛鍊就會變得越強，而且這個不斷變強的過程還挺有趣的。

不過，這個世界也有不方便的地方。

那就是沒辦法看到能力值。這個世界明明就有能力值這個概念，但是要查看能力值卻必須滿足嚴苛的條件。

有一種技能叫作鑑定。

雖然可以利用這種技能查看能力值，但擁有這種技能的人非常少。

因為如果要取得鑑定技能，就必須跟地球上的鑑定師一樣，具備判斷物品價值的高深學養，以及看穿該物品到底是由何種物質組成的觀察力，而這些都是外行人不可能具備的珍貴能力。

除此之外，就算成功取得這個技能，想要提升技能等級也是一件非常困難的事，這也是擁有鑑定技能的人很少的原因之一。

其實，如果只是要取得技能，只需要支付技能點數就行了。

雖然不難取得技能，但取得後的升級才是真正的難題。

如果要提升鑑定的技能等級，只需要發動鑑定就行了。

每次發動鑑定都會提升熟練度，而熟練度達到一定程度就能提升等級。

不過，這個發動鑑定的動作存在著不小的問題。

就算發動鑑定，也不會消耗魔力和體力。

那不是要發動幾次都行嗎？其實不然。

其中有個大問題，那就是只要發動鑑定，就會感到頭痛和醉意。

雖然嚴重程度存在著個人差異，但症狀嚴重的人，光是發動一次鑑定就有可能暈倒；就算是具備這方面才能的人，似乎也沒辦法同時鑑定兩個以上的東西。

因為光是發動一次就得付出這麼慘痛的代價，所以不斷發動鑑定提升熟練度，簡直就是一項難以言喻的苦行。

而且這個鑑定技能還有一個缺點，那就是在等級夠高之前，根本派不上用場。

正因為如此，想要取得鑑定技能的人並不多。

頂多就是代代都以鑑定師為業的家族繼承人會這麼做吧。

那到底該如何確認能力值呢？這時就該輪到鑑定石出場了。

鑑定石是以特殊工法製作而成的魔法道具，只要持有這項道具，就能暫時使用鑑定技能。

可以使用的鑑定技能等級會因應該鑑定石的品質而異，而王室擁有的等級10鑑定石，全世界也只有幾顆。

當然，如果要使用這顆鑑定石，就必須取得特殊的許可，基本上只有與王室親近的大貴族等人才能使用。

我也是王室的一員，擁有使用的資格，但也並非能夠隨便拿來亂玩。

雖然我好幾次向侍女安娜提出想要使用鑑定石的要求，但沒有達到一定年齡，似乎就沒辦法得到許可。

據說初次鑑定能力值是一件人生大事，身為貴族的人必須正式召開典禮，在莊嚴的氣氛之中執行鑑定儀式。

而我也得參加這樣的典禮。

除了鑑定能力值之外，這種典禮同時也是那名孩子的展示會。

在眾人的注視之下揭露鑑定結果，讓大人們對那名孩子做出評價。

雖然我擁有這年紀的孩子不該有的強大技能，所以這點不用擔心，但要是能力值太低，最糟糕的情況可能被大人們放棄，讓我有些害怕。

總之，我和跟我在同一時期出生的正室的女兒——我的妹妹蘇都準備要在眾人面前公開亮相了。

我和蘇換上參加典禮用的正式服裝，反覆聽著典禮流程的說明。

現任國王——也就是我和蘇的父親也會出席典禮。

除此之外，好像還有許多大人物會出席，所以我絕對不能在典禮上出糗，讓王室蒙羞。

即使是孩子，也是王室的一員。

既然身為典禮的主角，就不得不肩負著王室的威信。

對於原本只是一介小市民的我而言，這負擔實在很沉重。

但當我看到身旁妹妹威風堂堂的舉止時，心中便湧出一股不得不為的焦躁感般的決心。

「準備好了嗎？」

聽到安娜最後的確認，我默默點了點頭。

「那……請往這邊走。」

被安娜在背後輕推一把後，我和蘇並肩走過通往典禮會場的門。

穿過門後，寬廣的會場立刻映入眼簾。

紅色絨毯從門底下筆直延伸出去，在絨毯的盡頭有一個台座，還有一位男性站在後面。

一大群人站在牆邊，靜靜注視著我們。

在場眾人都是上級貴族的一員。

我和蘇在絨毯上默默前進。

我們為這一天受過訓練，走路時威風堂堂。

貴族們的視線集中在身上，但我試著盡量不去在意。

最後，我們終於抵達台座前方。我和蘇停下腳步，屈膝跪地。

向台座後方的男子——也就是身為現任國王和我們父親的梅傑斯・迪路亞・亞納雷德下跪。

「鑑定之儀即將開始。」

國王充滿威嚴的聲音在會場內響起。

雖說是自己父親，我也只見過這人幾次。

也許是這樣，比起親生父親，他感覺起來更像是親戚中的大人物。

因為這個緣故，我現在不是普通地緊張。

雖然國王還在說話，但我幾乎都沒聽進去。

「好，修雷因・薩剛・亞納雷德，你可以起身了。」

「遵命。」

我聽從國王的呼喚站了起來。

「開始鑑定吧。」

我往前走了幾步，站到台座前方的踏台上。

因為要是沒有踏台，憑我現在的身高還不足以搆到台座。

台座上嵌入了一塊黑色石頭。

那顆石頭就是鑑定石，不過比我想像的還小。

大小差不多可以讓大人一手掌握。

在感到意外的同時，我把手擺在鑑定石上。

我照著之前聽到的說明，在心中默唸「鑑定」。

結果，沒想到我的能力值馬上就顯示出來了。

〈人族　ＬＶ１　姓名　修雷因・薩剛・亞納雷德〉

能力值　ＨＰ：35／35（綠）　ＭＰ：348／348（藍）
　　　　ＳＰ：35／35（黃）　　：35／35（紅）
　　　　平均攻擊能力：20（詳細）　平均防禦能力：20（詳細）
　　　　平均魔法能力：314（詳細）　平均抵抗能力：299（詳細）
　　　　平均速度能力：20（詳細）

技能　**技能點數：１０００００　稱號　無**

「魔力感知ＬＶ８」「魔力操作ＬＶ８」「魔鬪法ＬＶ６」「魔力附加ＬＶ５」
「魔力擊ＬＶ３」「ＭＰ恢復速度ＬＶ７」「ＭＰ消耗減輕ＬＶ２」
「劍術才能ＬＶ３」
「破壞強化ＬＶ２」「氣鬪法ＬＶ２」「氣力附加ＬＶ１」「集中ＬＶ５」
「命中ＬＶ１」「閃避ＬＶ１」「視覺強化ＬＶ４」「聽覺強化ＬＶ７」
「嗅覺強化ＬＶ２」「味覺強化ＬＶ１」「觸覺強化ＬＶ１」「生命ＬＶ５」
「魔量ＬＶ８」「爆發ＬＶ５」「持久ＬＶ５」「強力ＬＶ５」
「堅固ＬＶ５」「術師ＬＶ８」「護法ＬＶ７」「疾走ＬＶ５」
「天之加護」「ｎ％Ｉ＝Ｗ」
〉

我看到能力值了。

在此同時，掛在正面牆壁上的類似螢幕的東西也顯示出我看到的能力值鑑定結果。這個螢幕跟鑑定石連結在一起，還能像這樣把鑑定結果顯示在大螢幕上。這個世界似乎沒有個人資料這樣的概念。

雖然我的鑑定結果是以日文顯示，但顯示在螢幕上的鑑定結果卻是以這裡的文字顯示。我本來還擔心要是顯示出日文的話該怎麼辦，難道是某種神祕力量造成這樣的結果嗎？

現場出現一陣騷動。

雖然國王出聲叫眾人安靜，但喧囂聲依然沒有停止。

這表示我的能力值就是如此驚人吧。

雖然我早就料到會有這樣的結果了。

我的魔法相關能力值非常高，這點安娜已經向我再三保證過。

相較之下，肉體能力就只跟同年紀的孩子差不多。

不，雖然我比起同年紀孩子，肉體能力已經算很高，卻不像魔法相關能力那樣誇張。

因此才會出現這樣極端的能力值。

至於技能的部分，由於每當等級提升或取得技能時，俗稱「神宣」的聲音都會告訴我，所以我幾乎都已經知道了。

不過，有兩個技能是連我都不知道的。

那就是「天之加護」跟最後那個名稱有如亂碼的神祕技能。

我很在意這兩個技能，試著鑑定了一下。

〈天之加護：被天之加護所守護。在各種狀況下容易得到自己想要的結果〉

〈n%I=W：無法鑑定〉

這是怎麼回事？

天之加護很強大，簡直就是作弊技能。

只不過，既然技能說明中只說「容易得到」，就表示不一定會得到自己想要的結果。雖然這個技能很強大，但也不能過度相信。

讓我搞不懂的是另一個技能。

不但名稱莫名其妙，就連鑑定結果也莫名其妙。

我完全搞不懂這是什麼技能。

就連最高級的鑑定石都只能出現這種結果這點，也同樣讓人覺得莫名其妙。

要是連這顆鑑定石都不行，就表示不可能進一步調查這個技能的功用了。

真是莫名其妙。

「那不是公爵千金的技能嗎？」

「是啊，是那位天才擁有的技能。」

「可是，殿下也擁有跟公爵千金一樣……不，是更加驚人的才能……」

從剛才開始，我就不斷地在貴族們交頭接耳的討論聲中，聽到公爵千金這個詞彙。

難不成還有人擁有跟我不相上下的能力值？

我不認為除了蘇之外，還有這樣的傢伙存在……

「安靜！」

國王加大音量的斥喝聲，總算讓會場安靜下來。

國王將一張紙遞給我。

這張用魔道具印出的紙上，寫著跟鑑定石連結在一起的魔道具上顯示的鑑定結果。

我恭敬地接過那張紙，然後行禮退向後方。

這樣我的鑑定之儀就結束了。

接下來輪到蘇了。

不用說也知道，蘇的鑑定結果幾乎跟我完全一樣，讓會場再次出現一陣騷動。

只不過，跟我不一樣的是，蘇沒有天之加護和那個看似亂碼的神祕技能。

雖然這場鑑定典禮引起不小的騷動，但姑且算是順利結束了。

造成騷動的原因，不光是因為我和蘇的能力值異常地高。

我用強化後的聽覺偷聽貴族們的談話得知，技能點數這種東西好像只能在等級提升後得到，而ＬＶ１就擁有十萬點數的我似乎易於常人。

這麼說來，蘇的技能點數確實是零。

我想這八成是因為我是轉生者。但令我在意的是，經常出現在眾人話題中的「公爵千金」似乎也是一出生就擁有技能點數。

總結貴族們的談話後，我得知那位「公爵千金」似乎比我早幾天舉辦鑑定之儀。

結果鑑定出前所未有的出色能力值，以及不該有的技能點數。

而且「公爵千金」好像也跟我一樣，擁有那個名稱變成亂碼的技能。

我心中浮現出一個推測。

如果我的推測沒錯，那我無論如何都必須去見那位「公爵千金」。

機會很快就來了。

鑑定之儀結束後，我們在另一個會場舉辦了簡單的宴會。

在國王的帶領下，我和蘇在宴會會場中央迎接貴族的隊伍。

列隊的貴族們都分別帶著和我年紀相仿，或是年紀略長的孩子。

換句話說，這裡也是讓年齡相近的貴族互相認識的社交場合。

我就是在這裡結識那位公爵千金。

「初次見面。我是亞納巴魯多公爵家長女，名叫卡娜迪雅・賽莉・亞納巴魯多。」

她是一位有著烈火般的赤紅頭髮，倔強的容貌令人印象深刻的美少女。

雖然光是外表的第一印象，就讓我感受到她令人無法移開視線的存在感，但我的魔力感知技

能還看穿了隱藏在她體內的驚人魔力。

她的魔力跟我和蘇幾乎不相上下。

說到亞納巴魯多公爵，在這個國家也是屈指可數的大貴族。

不但擁有代代都擔任國家要職的實績，還繼承了王室和勇者家系的尊貴血統。

出生在公爵家的人都必須接受徹底的斯巴達式教育，練就足以成為國家棟梁的能力。

儘管如此，眼前少女的魔力量也太不尋常了。

她的魔力早已凌駕在身旁疑似她父親的紅髮男子之上。

「初次見面。我是修雷因・薩剛・亞納雷德。『請多指教』。」

我懷著某種確信，在最後說了一句日語。

公爵千金在一瞬間睜大雙眼，然後又迅速瞇細。

她的反應讓我明白自己的推測沒錯。

「父親大人，我可以跟這女孩說一下話嗎？」

「嗯？」

我的要求讓國王猶豫了一下。

我想也是，在第一個被帶過來的公爵千金身後，還有許多帶著孩子的貴族在排隊等待。

只不過，我絕對不能因此退縮。

「不行嗎？」

「嗯嗯……」

國王輪流看向我和公爵，以及在後面等待的貴族們，然後才說：

「沒問題。不要離開太久，說完話就趕快回來。」

「明白。非常謝謝您。」

我像個孩子般拉起公爵千金的手就跑。

雖然身後的蘇發出驚人的殺氣，但我根本顧不得那麼多。

我離開會場，走進用來當作休息室的房間。

由於貴族們有時候會需要離開宴會，找地方商量工作上的事情，所以會場附近都會準備這樣的房間。

這裡的防音功能相當可靠，而且門前還有衛兵，所以安全無虞。

「呼……到這裡應該就行了。」

我毫不隱瞞地用日語說話。

「我原本還不敢相信，沒想到王子陛下居然真的是轉生者。」

而且公爵千金也用日語說話了。

「啊……糟糕，我好久不曾從別人口中聽到日語，總覺得有點感動。」

雖然倔強的感覺沒變，但這位大小姐說話的口氣還挺輕挑的。

「對了，我有個問題，妳知道平進高中這間學校嗎？」

我問的是自己以前就讀的高中。

「當然知道。果然是因為讀同一間高中，我們才會一起轉生到這個世界。」

如我所料，這位大小姐似乎是跟我一樣掉進教室裡的那道神祕裂縫，轉生到這個世界的同班同學。

「我原本的名字是山田俊輔。妳呢？」

「噗哧！」

我一說出自己原本的名字，公爵千金立刻噴笑出來。

「哇哈哈哈哈哈！咿哈哈哈！原……原來你是俊喔？俊居然變成王子……呵呵……一點都不適合吧！」

大小姐大聲爆笑。

這種似曾相似的感覺是怎麼回事？

我明明對眼前這位大小姐完全沒印象，但她的言行舉止卻跟我熟識的傢伙一模一樣。

「難……難道……妳是叶多嗎？」

「沒錯。」

這次輪到我大聲爆笑。

沒想到以前的損友兼遊戲夥伴的那個叶多居然會變成千金大小姐。

感覺就像是轉生成完全相反的生物。

「笑什麼啦。別看我現在這樣，我剛轉生時可是無比沮喪耶。」

「呃……不好意思。可是妳剛才也有笑我，我們扯平了。」

「也對。不過，能見到你真是太好了。之前孤軍奮戰的時候還挺難受的。」

「是啊，我也有同感。能見到妳真是太好了。」

我和叶多用拳頭輕輕互擊。

在此同時，叶多的眼眶也流下淚水⋯⋯

「啊……咦？抱歉，我沒打算……嗚……哭的……嗚嗚……」

叶多的啜泣聲逐漸變大。

我也在不知不覺間哭了出來。

我想起剛轉生那時的事。

如果問我對前世還有沒有留戀，我無法斷言沒有。何止是有，我留戀的事情簡直多不勝數。

我正逢青春年少之時，還想多跟朋友一起玩耍，也想終結年齡等於沒女朋友日子的不光彩紀錄。

而且別說是父母，我居然比爺爺奶奶還要早死，這實在是太不孝了。

想到再也見不到家人，心情就沮喪得無以復加。

我也很在意自己死後的學校情況。

我還記得那道裂縫爆開的那一瞬間。

如果我因為那件事而死，那其他人又怎麼樣了？

京也、叶多和坐在隔壁的長谷部都跟我一起喪命了嗎？

想到這裡我就害怕。

在那天早上之前，明明什麼都一如往常，如今我已經再也見不到他們。

從轉生後直到今天，我一直對抗著幾乎要壓垮內心的巨大不安。

畢竟是在不明就裡的情況下突然變成嬰兒，會感到不安也是理所當然的事。

而且我轉生的國家不是日本。

不但如此，還不是地球上的國家。這裡根本不是地球，而是異世界。

剛開始時，我連這件事都不曉得。

不但聽不懂其他人說的話，我也幾乎不曾離開育嬰室。

因此，我有很多不明白的事情。

起初還以為這裡是某個歐洲國家。

不過在看到魔法的瞬間，我便明白並非如此。

我第一次見到魔法，是在教會裡的大人物為我施放祝福的時候。

閃閃發亮的光芒包圍住我，讓我感到體內充滿力量。

我切身體會到魔法確實存在。

魔法存在這個事實讓我一開始相當興奮。

不過，隨後我馬上又感到不安。

在魔法存在的這個世界，我真的有辦法順利過活嗎？

前世的我只是個平凡男生。

即使如此，在日本生活時也沒有遇到任何困難。

然而不管怎麼想，我在這個世界都是出生於上流階級的家庭，不允許做個平凡的孩子。

我有辦法回應旁人的期待嗎？想到這點我就不安。

嬰兒沒辦法自由活動身體這點也讓我感到畏懼。

那種不借助他人力量就活不下去的脆弱，更是加劇了這樣的不安。

萬一養育我的人，現在突然棄我於不顧的話會怎麼樣？

我肯定會無能為力地衰弱而死吧。

更何況，負責養育我的人不是親生父母，而是被請來的侍女。

我不知道沒有親情聯繫的她們，什麼時候會拋棄我。

就連我在這個世界的親生父母，對於擁有前世記憶的我而言都像是陌生人。

搞不好親生父母也跟我一樣，認為我不同於一般的孩子，想要把我處理掉也說不定。

腦袋裡越是想著這樣的妄想，我的精神就越是耗弱。

在這樣的情況下，我做的第一件事就是拚命學習語言。

因為聽不懂別人說的話，比我想像中還要可怕。

我沒想到聽不懂對方在說什麼，會是令人如此不安的事。

我彷彿有種自己被孤立在世界之外的錯覺。

轉生在異世界的不安，聽不懂這裡語言的不安，以及未來能否順利過活的不安。

從這些不安之中拯救了我的人，就是在我身旁安穩沉眠的妹妹。

這位同父異母的幼小妹妹沒有感到一絲不安。

彷彿世上沒有會令她不安的事物般，睡得安安穩穩。

不過對嬰兒而言，這才是理所當然吧。

凡事都必須靠別人幫忙處理，一切都依賴整個世界的脆弱生命。

嬰兒原本就是這樣的存在。

我之所以感到如此不安，都是因為擁有前世的記憶。

然後，我發現了。

因為我擁有前世的記憶，至少在精神上還比妹妹更為成熟。

然後這個妹妹看起來卻這麼幸福，那我到底有什麼好煩惱？

我是這女孩的哥哥。哥哥怎麼能讓妹妹看到自己丟臉的模樣？既然為人兄長，不就應該讓妹妹看到哥哥帥氣的一面嗎？

雖然這的確只是死要面子……

不過，在那之後我就不再煩惱了。這並不表示不安已經從我心裡完全消失。

但至少我想要保護這個弱小的妹妹。

我學會這裡的語言，從聽來的對話聲逐漸了解這個世界的事情。

為了能夠盡快活動，我鞭策著嬰兒的身體不斷亂動。

拜此所賜，我比一般嬰兒更早學會爬行。

我就這樣靠著對妹妹的虛榮心鼓起鬥志。

我想成為讓妹妹引以為傲的哥哥。

這就是我的原點。

話雖如此，但我沒想到這個妹妹是個不得了的天才。靠著模仿我的行為，沒兩下就變得跟我一樣強悍了。

叶多肯定也感受過和我一樣，甚至是更為強烈的不安。

畢竟原本是男孩的他轉生成女孩了。

除了我感受到的不安之外，還要加上變成女孩的不安。

她肯定遭遇過我無法想像的困難吧。

有過這樣的經歷後，居然還能跟原本以為再也見不到的朋友重逢。

就算喜極而泣也是正常吧。

我在不知不覺中伸出手，準備抱住哭個不停的叶多。

就在這時，房間的門突然發出驚人巨響。

「怎麼了？」

叶多驚慌失措。

我有一瞬間也差點亂了手腳，但我知道站在門後的人是誰，所以馬上就冷靜下來。

不，我在另一層意義上慌張了。

再次發出巨響後，門就被轟飛到房間裡面。

靠著魔鬪法強化體能的蘇就站在門外，擺出用拳頭施展魔力擊的架式。

看到我和叶多後，蘇的視線立刻鎖定在叶多身上。

「蘇，快點住手啦！」

要不是我趕緊擋在兩人之間，蘇的拳頭就要把叶多轟飛出去了。

「我絕對不會把哥哥交給妳。」

然後蘇就這樣抱住我小聲低語。

「你老妹好可怕……」

叶多不小心說出日語。

這一天，我與第一位同班同學重逢了。

3 蛋

蛋。
那是料理的必備食材。
可以做成水煮蛋或荷包蛋這種簡單的料理，也能做成煎蛋或布丁這種較費工夫的料理。
蛋是直接使用也很出色，但搭配其他食材還能創造出無限可能性的偉大食材。
就連冰箱裡也一定會有專門用來擺放蛋的空間，可說是食材之王。
我也經常在泡麵裡加蛋來吃。

ZZZ……呼啊啊～睡得真飽。我睡到甚至會覺得累的地步。
有個能安心睡覺的地方，果然是件很棒的事。墮落生活最棒了，有自己的家真是太好了。
拜接連吃下兄弟和青蛙所賜，我的肚子不是很餓。
難道蜘蛛跟人類不一樣，吃一餐可以撐很久嗎？
當我用剛睡醒的腦袋想著這種事時，蜘蛛絲有反應了。
雖然不餓，但有得吃就吃是自然界的基本禮儀。

因為要是放過好不容易到來的進食機會，下次吃東西就不知道是什麼時候了。

就是這麼回事，來去看看抓到什麼了吧。

噗！

抓……抓到人類了！

抱著某種圓形物體的男子被蜘蛛絲纏住，正在拚命掙扎。

男子身上穿著異世界冒險者的標準服裝。

事實上，他或許正是從事類似職業的人。

好啦，現在該怎麼辦？

話說回來，這人怎麼全身是血，他沒事吧？

啊，他看到我了。表情有夠驚慌。

我到底該怎麼辦才好？

啊，他拿出某種東西了。

嗚喔！燒起來了！

男子把拿出的某種東西砸向地面後，該處立刻迅速冒出火焰。

男子變成一團火球。

這人到底在幹嘛啊！

火焰延燒到蜘蛛絲，把網子燃燒殆盡。難道他是為了燒斷蜘蛛絲而自焚？

我的推測似乎沒錯，男子在地上翻滾，撲滅身上的火焰。

不過，男子全身都受到嚴重的燒傷。

原本就已經渾身是血還受到這樣的燒傷。就算是外行人來看，也知道這個人沒救了。

儘管如此，男子還是用盡最後的力氣跑掉了。

那種傷勢居然還能跑步，真是厲害。

留下來的，只有我和男子剛出現時抱著的圓形物體。

這是什麼？

〈蛋〉

我試著鑑定，才知道那居然是顆蛋。

既然大小跟我差不多，那應該有一公尺左右吧。

不管怎麼想，這都是魔物的蛋。那人居然把這種東西丟在這裡。

那人之所以被打個半死，會不會是這顆蛋的父母幹的好事呢？

我可不會幫忙孵化喔。

不對，要是蛋的父母追過來的話，該怎麼辦？

討厭啦，感覺好可怕喔。

總之，還是先修理好被燒壞的巢再說吧。

要煩惱之後再來煩惱。

之後又過了一整天。

我家依然平安無事。

看來那顆蛋的父母是不會出現了。

不知道是因為那個偷蛋的人有成功甩開牠們，還是因為牠們早已放棄那顆蛋不再追趕。

雖然我不曉得偷蛋的人後來怎麼樣了，但看那傷勢應該是沒救了。

也就是說，就算我吃掉這顆蛋，應該也不會怎麼樣吧？

這可是人類冒著生命危險專程跑來偷的蛋。

肯定是非常貴重的東西。

搞不好超級好吃也說不定。

從我轉生之後，就只吃過兄弟和青蛙這種難吃的東西，就算是生的，蛋也毫無疑問是正常的食材。

我沒道理不吃。

既然如此，那就開動吧。

得先把殼剝掉才行。

我用前腳敲看看。敲不破。

用力繼續敲。敲不破。

自暴自棄亂敲一通。還是敲不破。

呼……哈……

這蛋怎麼這麼硬啊！

這樣我想吃也吃不到啊。

呼……可是，要是以為我只是隻普通的蜘蛛，那你可就大錯特錯了！

讓你瞧瞧人類（過去式）的智慧！

我把絲纏在蛋上，接著把絲綁在天花板上，然後把絲的尾端拉回地面。

再來就是使勁一拉，把被絲纏住的蛋吊到天花板附近。好重。

最後放開前腳。蛋就這樣在重力的拉扯之下掉向地面。

破吧……居然沒破！

儘管從天花板附近的高度落下，蛋卻毫髮無傷。這也太硬了吧？

嗯……看來這頓大餐沒這麼容易吃到。

好，這次就把蛋砸在尖銳的岩石上看看吧。

我再次把蛋吊到天花板附近。

然後拉到尖銳岩石上方，讓蛋往下墜落。

這次一定會破吧……還是沒破！

真的假的，反而是岩石被撞缺了一角耶……

看來用撞的是撞不破了。

對了，要是把絲弄得跟橡皮筋一樣，多纏幾條上去會如何？

我曾經聽說過在西瓜上綁幾百條橡皮筋，直到西瓜破裂為止的實驗。

不知道能不能用同樣的原理把蛋打破？

趕快來試試看吧。

我反覆做著製造狀似橡皮筋的絲，然後綁到蛋上的動作。

因為一直做同樣的事會想睡，所以我趁著這段期間思考心裡在意的事。

那就是技能的事。

雖然我很在意技能到底是什麼這個問題，但我覺得想不出答案，所以就決定不想了。

重要的是我所擁有的技能，以及我未來有可能取得的技能。

我目前確定擁有的技能是〈鑑定ＬＶ１〉、〈酸抗性ＬＶ２〉、〈毒抗性ＬＶ２〉、〈禁忌ＬＶ１〉和〈外道魔法ＬＶ１〉這五個。

鑑定是透過支付技能點數得到的。這個技能點數也是謎團重重。

不過，還是先把技能點數的事放到一邊吧。

老實說，我現在的剩餘點數是零，也不知道增加點數的方法，就算在意也沒有用。

然後，禁忌和外道魔法不同於鑑定，是透過稱號得到的。

結果，雖然在那之後我又做了不少嘗試，但還是沒能取得新的稱號。

只要不明白到底有什麼稱號，以及做什麼行動能得到稱號，想要刻意取得稱號或許是件難事。

我還是把取得稱號當成是天上掉下來的好運吧。

我把橡皮絲纏在蛋上。雖然纏了不少條，但是蛋依然毫無反應。

然後，相較於鑑定和透過稱號取得的技能，取得酸抗性的條件完全不同。

我覺得自己是因為承受攻擊，受到酸液造成的傷害才得到那個新技能。

雖然必須受點苦頭，但只要忍耐一下，就能得到抗性。

比如說，如果被火焰攻擊，搞不好就能得到火抗性。

如果考慮到防禦面的能力，擁有抗性應該會比較好。

以後遇到初次見到的攻擊，只要感覺不會被打死，我是不是該故意挨個幾下呢？

嗯……算了，因為我怕痛，而且也沒有絕對能取得抗性的保證。

沒必要故意以身犯險。嗯，我絕對不是因為怕痛才這麼說。

青蛙的攻擊讓我取得酸抗性，還提升了毒抗性的等級。

沒錯，如果那個天之聲（暫定）所言不假，那毒抗性就是我原本就擁有的技能了。

我是蜘蛛，還會用毒，就算擁有毒抗性也不是什麼奇怪的事。

雖然這不是什麼奇怪的事，但是不知道自己擁有什麼技能好像不太合理耶。

要不是天之聲（暫定）告訴我，我也不會發現自己擁有毒抗性。

換句話說，說不定我還有其他技能，只是自己不曉得罷了。

就算有也不是意外。我覺得可能會有的應該是毒攻擊吧？

要是能夠確認就好了，可惜我沒有方法可以確認。

如果鑑定的等級提升，是不是就能確認了啊？

鑑定的等級？熟練度？

咦？等級是不是有可能提升啊？

所謂的熟練度，簡單來說就是不斷使用技能後的熟練程度吧？

如果鑑定也跟抗性系的技能一樣，可以透過熟練度提升等級的話，那一直發動鑑定，不就能提升等級了嗎？

因為我是透過技能點數取得鑑定技能，所以就擅自認定只能靠著技能點數提升等級，但這個想法說不定是錯的。

我一邊把橡皮絲纏在蛋上，一邊胡亂鑑定周遭的事物。

「牆壁」和「地板」之類的無用情報大量流進腦中。

嗚……感覺有點難受。情報太多也會讓人頭暈。

《熟練度達到一定程度。技能〈鑑定ＬＶ１〉升級爲〈鑑定ＬＶ２〉。》

我沒有白白頭暈！呀呼！雖然等級只提升一級，但邁出一大步的成就感非同小可！我懷著有些激動的心情鑑定自己。

〈小型次級蜘蛛怪　姓名　無〉

喔喔！出現疑似種族名稱的情報了！

雖然情報量還是不多，但比起ＬＶ１時的「蜘蛛」，感覺已經好上許多了。

不過，小型就算了，居然還是次級……總覺得我好像是什麼劣等種族一樣……

嗯……因為鑑定升級而帶來的好心情瞬間低落下來。雖然我沒有太大期待，但也沒想到自己居然是劣等種族。算了，反正前世的我也差不多是這樣，就算在意也沒用。

比起這種小事，還是繼續拚命鑑定，提升等級來得重要！

好，總之先一邊把橡皮絲纏在蛋上，一邊提升鑑定的等級吧。

……沒有升級。

在那之後，我明明就一直對著牆壁發動鑑定，卻完全沒有提升等級。

順帶一提，牆壁的鑑定結果是「迷宮的牆壁」。這結果有點微妙。

算了，先把這個問題擺到一邊，為什麼等級沒有提升？

嗯……

最有可能的情況，果然是曾經鑑定過的東西，就算再次鑑定也不會提升熟練度吧？我想也是，如果不是這樣，那提升熟練度也未免太簡單了點。

為了保險起見，我把家裡的每個角落都鑑定了一遍，但等級還是沒有提升。

看來是熟練度還不夠。

也就是說，如果要提升鑑定的等級，我就得踏出家門到外面鑑定才行。仔細想想，我在LV1的時候曾經鑑定過一大群魔物。

說不定那讓我提升了相當多的熟練度。

可是，還要出門啊……麻煩死了。好不容易才建好安全又舒適的家，還特地跑到外面去也很奇怪。

如果想要安穩度日，只需要窩在家裡便行。

如果想要提升等級，還必須跑到外面冒險。

雖然兩邊都各有優缺點，但外界的危險這個缺點實在太大了。

我是覺得不會有這種事，但這顆蛋的父母可能就在外面徘徊。

嗯，我決定了。

當個家裡蹲吧。

當我在家裡一如往常地做著把橡皮絲纏在蛋上的動作時，蜘蛛網的絲有反應了。看來是值得紀念的第二隻獵物上鉤。剛好我的肚子也餓了，這傢伙來得正好。

我一邊小跳步一邊前往獵物所在的地方。

……連我自己都覺得蜘蛛小跳步走路的光景非常不可思議。

因為上次我太大意，結果遭到意想不到的反擊，所以這次我小心翼翼地走過去。

好啦，到底是什麼樣的獵物上鉤了呢？

〈艾爾羅蛙怪〉

素青蛙。怎麼又素你！搞什麼飛機啊！這座迷宮裡不素還有一大堆不一樣的魔物嗎！連續兩次都抓到同樣魔物的機率應該很低吧！

哈——！呼——！

害我一個不小心連冒牌關西腔都飆出來了。真是的……誰來賠償我的形象損失啊……

啪嚓！Ｎｏｏｏｏｏｏｏ！

忙著一個人耍蠢的我被青蛙的口水攻擊噴個正著。我在第二次的人生中首次發現令人震驚的事實！原來我是個笨蛋！

啊……嗯。

疼痛讓我稍微恢復冷靜了。這次抗性的等級沒有提升。看來是熟練度不夠。算了，這不重要。

為了讓青蛙無法反抗，我用絲在牠身上纏了好幾圈，然後才在牠身上咬了一口。

因為我上次只咬一口殺不死青蛙，所以這種青蛙八成也擁有毒抗性吧。

儘管如此，只要封住牠的行動，並且咬上一口，應該就能讓牠大幅衰弱。

我把打包好的青蛙迅速拖入巢穴深處，然後立刻回來把壞掉的網子補好。

雖然上次我放著抓到青蛙的網子不管，直接當場吃掉青蛙，但仔細想想，那段期間我根本毫無防備。

要是當時有其他魔物或人類來襲，我就會在沒有網子保護的情況下遇襲。

所以這次我才會先封住青蛙的行動能力，等到網子修好，做好完全準備後，再來慢慢了結青蛙，享受我的大餐。

當我回到青蛙身邊時，儘管身體被絲纏得死死的，牠還是拚命掙扎著想要逃跑。

嗯……

看來只咬一口好像不太管用。

我咬！利牙攻擊。

雖然上次我咬了好幾口才總算咬死敵人，但仔細想想，我根本不需要咬這麼多次，只要用咬住敵人的牙齒不斷注射毒液進去就行了。

《熟練度達到一定程度。技能〈毒牙LV1〉升級爲〈毒牙LV2〉。》

喔！技能等級提升了耶！我第一次知道有這個技能。

就在技能等級提升的同時，直到剛才都還在掙扎的青蛙身體一陣痙攣，然後就再也不動了。

因為事出突然，害我不小心嚇了一跳。

啊……不過從這個情況難來，因為毒牙的技能等級提升，所以毒液的威力好像也變強了。好耶！

《經驗值達到一定程度。個體——小型次級蜘蛛怪從LV1升級爲LV2。》

嗯？嗯嗯？啊，我的身體有點奇怪！嗚喔！怎麼回事！我的皮正在脫落！

脫皮？我要脫皮了嗎？

《各項基礎能力值上升。》

《取得技能熟練度等級提升加成。》

《熟練度達到一定程度。技能〈毒抗性ＬＶ２〉升級爲〈毒抗性ＬＶ３〉。》

《熟練度達到一定程度。技能〈蜘蛛絲ＬＶ３〉升級爲〈蜘蛛絲ＬＶ４〉。》

《取得技能點數。》

嗯嗯嗯……？等……等一下！

我剛才好像聽到什麼非常重要的事情！

麻煩再說一遍！再說一遍！

但我的願望沒有實現，天之聲（暫定）依然沉默不語。

喔嗚……真的假的……

不不不不……

冷靜回想一下吧。那聲音剛才是不是有說到「等級提升」這四個字？有這麼說對吧？

啊啊……都是因為突然開始脫皮，才會害我沒聽清楚！

不……不對，突然開始脫皮這種事，不管怎麼想都很奇怪吧？

這就表示因為等級提升的影響，我的身體煥然一新了嗎？

總之，還是先把依然黏在身上的舊皮剝下來吧。嗚哇……背後的部分傷得不輕耶。這是被青蛙口水噴到的地方嘛。雖然我沒看見，但傷勢還挺嚴重的。

嗯？

這麼說來，我缺損的部分視野也復原了耶！

喔喔！等級提升就能完全恢復體力的設計真是太貼心啦！

嗯。

這毫無疑問是等級提升。總覺得身體好像變輕了，狀態超級棒。

原因八成是擊敗青蛙得到的經驗值吧？總之，一邊享用青蛙大餐一邊慢慢想吧。

嗯……照順序回想當時聽到的話吧。

我記得一開始好像是聽到等級提升之類的話。接著我馬上就開始脫皮，在腦袋一片混亂的時候，天之聲（暫定）好像又劈哩啪啦說了好幾句話。

我想一下，技能……對了，我是不是有聽到技能等級提升這樣的話？

而且還不只一個對吧？兩個技能同時提升了等級？為什麼？

對了，在提到技能之前，我好像有聽到某句話。

我想想……技能熟練度等級提升加成？就是這個！沒錯，那聲音是這麼說的！

也就是說，在等級提升時，技能熟練度也會得到加成點數！

所以才會一口氣提升了兩個技能的等級。

提升等級的技能好像是毒抗性還有……蜘蛛絲？

嗯……原來蜘蛛絲也有等級啊？可惜我沒聽到等級多少。

我得到了不錯的情報。

除此之外，那聲音是不是有提到技能點數的事？

雖然不曉得該如何取得技能點數，但等級提升好像就能取得了。

總結上述情報可以得知，只要等級提升，體力就會完全恢復。

能力值好像也會提升。

還能得到技能點數。

之後再來確認提升一次等級能得到多少點數吧。

然後最重要的是，技能熟練度會得到加成點數。

不曉得能得到多少點數，但既然兩個技能都同時提升了等級，那得到的點數應該不少吧？

這麼一來，只要提升等級，說不定就能有效率地強化技能。

話說回來，沒想到還有等級這種東西……

畢竟連技能跟稱號都有了，我就覺得可能會有，但沒想到真的有這種東西。

雖然我一直盡量不去想這件事，但這個世界真的很像是遊戲呢。

只要這麼一想，把這裡的生活當成一場遊戲的想法就會湧上心頭，讓我有些害怕，但一切似乎都太遲了。因為我已經開始感到有些興奮了。

我果然無法抗拒自己的玩家精神。

總之，當前的目標就是把蛋打破。現在還不可能辦到，因為蛋太硬了。

只要等級提升，能力值也會提升，總有一天能夠打破那顆蛋。

就算一直把橡皮絲纏上去，也完全看不到蛋要破掉的跡象。

呵呵呵……咱們走著瞧吧！蛋！

我絕對要把你打破吃掉！

魔物圖鑑
file.02

艾爾羅蛙怪

LV.01

status【能力值】

HP
65／65

MP
45／45

SP
55／55

55／55

平均攻擊能力：35
平均防御能力：35
平均魔法能力：28
平均抵抗能力：28
平均速度能力：30

skill【技能】

「毒合成LV1」「酸攻擊LV1」「射出LV1」
「夜視LV6」「毒抗性LV1」「酸抗性LV1」

俗稱青蛙。擁有七彩的表皮，身長大約一公尺左右。基本戰法是利用「毒合成」技能製造弱毒，再利用「酸攻擊」技能附加酸屬性，最後利用「射出」技能發射水球攻擊。就算成功接近，牠也擁有不算太差的物理戰鬥能力，所以有可能遭到意想不到的反擊。危險度是E。

4 離巢

為了把蛋打破，也為了活下去，我必須變得更強才行。

不管敵人是魔物還是人類，我都不打算被殺。

既然偷蛋賊會來到這裡，就表示人類也會在這一帶出沒。

而且沒人能保證蛋的父母不會在這附近徘徊。

我身為蜘蛛的身體有著相當高的運動能力。

只要往上一跳，就能跳到兩公尺高左右的地方，還可以爬上牆壁。

當我還沒築巢，在外遊蕩時，雖然也有遇到其他魔物，但也毫無困難地靠著速度逃掉了。

如果考慮到這個事蹟，可能會讓人以為我身為魔物的戰鬥力頗為強大。

但這是天大的誤會。

連蛋都打不破的我怎麼可能會強。

我最強大的武器就是蜘蛛絲和毒牙。先用蜘蛛絲綑住敵人，再用毒牙給予致命一擊。

這個黃金連續技就是我的常勝訣竅，反過來說，當這招不管用時，我就輸定了。

對我……不，應該說是對我們這種蜘蛛怪而言，蜘蛛絲跟毒牙就是這麼重要的武器。

我做出這樣的判斷，決定以後都要先用絲把敵人牢牢綑住，等到對方完全無從反擊時再給予致命一擊。

當我靠著這種戰法毫髮無傷地解決第三隻青蛙，把獵物吃個精光時，天之聲（暫定）又出現了。

《滿足條件。取得稱號〈暴食〉。》

《基於稱號〈暴食〉的效果，取得技能〈毒抗性ＬＶ１〉、〈腐蝕抗性ＬＶ１〉。》

《〈毒抗性ＬＶ１〉被整合為〈毒抗性ＬＶ３〉。》

我得到新稱號了。

雖然我做了一堆嘗試都沒能取得稱號，但沒想到稱號會在意想不到時從天上掉下來。

暴食……這也是沒辦法的事嘛！

這裡就只有魔物可以吃啊！

算了，就算跟天之聲（暫定）抱怨也無濟於事。

我得到的技能好像是毒抗性跟腐蝕抗性對吧？

效果是就算吃腐爛的東西也沒問題嗎？

感覺好像沒什麼用，但總比沒有來得好吧。

毒抗性是我原本就擁有的技能，根據天之聲（暫定）的說法，熟練度似乎提升了整整一個等級的份。

只要技能等級提升，我應該也會變得更強。

不過，就算抗性提升，也沒辦法幫我打破蛋就是了。

《熟練度達到一定程度。技能〈蜘蛛絲LV5〉升級爲〈蜘蛛絲LV6〉。》

當我忙著用絲玩耍……咳哼！更正……是用絲修練時，技能等級提升了。

因為我知道蜘蛛絲也是一種技能，才會為了提升熟練度而做了許多特訓。

只要技能等級提升，橡皮絲的伸縮性說不定也會提升，這樣一來搞不好就能把蛋打破。

哎呀，這段提升等級的過程還真是累死我了。

拜此所賜，我家裡面幾乎變成一片雪白。

比起剛開始的時候，我心愛的家在這幾天已經完全變了個樣。

首先是鋪設的蜘蛛網數量增加了。

之前我只在T字路口的每條通道鋪上一張網，但現在已經連通道前方的岔路都鋪上了好幾張網。

這是因為我覺得要是只有一張網，說不定會被敵人成功入侵或是突破。

如果要突破這麼多張蜘蛛網，應該要花上不少時間才對。

這樣就能大幅提升我家的安全度。

因為光是這樣還不足以提升技能等級，這次我就試著裝飾牆壁。

我在牆上鋪滿蜘蛛絲，把整個牆壁都塗成白色。

當然，這不是普通的裝飾。

這些壁紙絲跟我鋪好的蜘蛛網連在一起，只要網子抓到獵物，就會自動從牆上分離，把敵人整個包住。

這是我經過各種實驗後才完成的自豪陷阱。

剛開始鋪設壁紙絲時，技能等級就升了一級。

當壁紙絲全部鋪設完畢後，我在巢裡鋪滿肉眼幾乎看不見的極細蜘蛛絲作為收尾。

這種絲沒有黏性，只要輕輕一碰就會斷裂。就算放著不管，也遲早會因為空氣流動而自然斷裂，變成壁紙絲的一部分。

我應該是在技能等級升到5時，才有辦法射出這麼細的絲。

這種絲的功用是探索敵人。絲的尾端連接在我身上，只要有東西碰到絲，我就能知道那是什麼。

由於身體構造上的因素，我無法看到自己身後的情況，而這樣會有許多不便，我才會開發出這種探索絲作為解決對策。

因為我希望只要待在家裡，就不需要擔心背後的情況，才會讓家裡鋪滿這種絲。

總有一天，我要把這種絲練到能夠遠距離操縱，然後調查我家外面的情況。

做到這種地步後，實在是沒有其他能做的事了，我只好漫無目的地生產蜘蛛絲，結果就在這時總算把等級提升到6。

拜此所賜，充滿有如高級絹絲般質感的蜘蛛絲被做成好幾顆毛球，丟得滿地都是。

順帶一提，吐出那麼多絲當然會肚子餓。

因為這個緣故，被網子抓住的可悲獵物全都進到我的肚子裡了。

這附近的魔物好像都有毒，被我的毒牙咬到也不太容易死掉。

沒差，反正只要被蜘蛛網抓到，牠們之後就任我宰割了。

拜此所賜，毒牙的技能等級提升到4，毒抗性的技能等級也提升到5了。

目前為止，被我擊敗的魔物有三隻〈艾爾羅恐龍怪〉、一隻〈艾爾羅鵝猴〉、一隻〈艾爾羅翼蜥〉和一隻〈巨蜂怪〉。

除此之外，我又多解決了兩隻青蛙。

……這個迷宮裡的青蛙是不是生太多了？

雖然我擊敗了這麼多魔物，但目前都還沒有遇到人類。

艾爾羅恐龍怪是長得跟小型恐龍很像的魔物，而且還是三隻一起出現，害我緊張了一下。

不過，因為三隻都完美地被網子抓住，沒有讓我耗費太多力氣。

艾爾羅鵝猴有著類似合體後的企鵝跟鵜鶘的身體，還有著跟猿猴一樣的手臂，是一種奇怪的魔物。

巨蜂怪是一種長得像是蜜蜂的魔物，身體異常巨大，大概有三公尺左右，幾乎快把這條通道整個堵住。不過也因為這樣，讓牠更容易被網子抓住。

最難纏的是艾爾羅翼蜥。

那是一種外型類似巨大蜥蜴的魔物，但正如翼蜥這個名字所示，牠還會使用石化攻擊。我想牠八成跟遊戲和奇幻故事中一樣擁有石化魔眼，還把我的一隻前腳變成石頭，是個可怕的強敵。

甚至讓我忍不住戰略性撤退，躲到蛋的後面。

當時，纏在蛋上的橡皮絲全都石化碎裂了。

這個該不會對蛋也有效吧？雖然我這麼想，讓敵人繼續使出石化攻擊，但是蛋毫無反應。不但如此，最後反而是蜥蜴先累倒，所以我只好給牠一個痛快。這顆蛋真是神勇！

之後，直到升級脫皮為止，我都只能用石化的腳過活，那實在很不方便。因為我有取得石化抗性，所以這次經歷或許還算划算，但危險度跟初次遇到青蛙時差不多，甚至還要更高。

啊，一個順口就說出來了，我的等級提升了。而且升了三級。現在的等級是５。

就我所知，我目前擁有的技能是〈毒牙ＬＶ４〉、〈蜘蛛絲ＬＶ６〉、〈鑑定ＬＶ２〉、〈禁忌ＬＶ１〉、〈外道魔法ＬＶ１〉、〈毒抗性ＬＶ５〉、〈酸抗性ＬＶ２〉、〈腐蝕抗性ＬＶ１〉和〈石化抗性ＬＶ１〉。

等級明明提升了三級，但技能等級卻沒有多大提升。

看來等級提升的熟練度加成沒有我想像中的多。

還有，等級提升時的技能點數增加量好像也不多。

雖然聽到天之聲（暫定）宣布我得到技能點數時，我暗自開心了一下，但之後我嘗試取得技能的結果卻是完全不行。

我在腦袋中把所有想得到的技能全部默唸過一遍，卻沒有取得任何技能。

而且，當我指定的技能不存在時，天之聲（暫定）什麼反應都不會產生，即使那個技能真的存在——

《技能點數不足。》

也只會拋出這樣的回答。

看來技能的相關限制比我想得還要嚴格。

我今天也享受著怠惰的時光。啊……我家真是太棒了。

咦？你說蛋怎麼了？

天曉得。我可不記得什麼被橡皮絲纏得死死的白色物體。

反正大餐會自己送上門來，這裡的防範對策又萬無一失，就算身處危險的迷宮之中也能放心睡覺。堅硬的地板也鋪了柔軟的絲，睡起來超級舒服。

我一邊做著逐漸養成習慣的吐絲練習，一邊悠哉地滾來滾去。啊～真幸福。

仔細想想，我前世的生活其實頗為忙碌。

雖然我沒有這種自覺，但現在回想起來，平均睡眠時間只有四個小時也太誇張了吧？

因為我前世的生活模式就是早上起床去上學，放學回家就一直玩遊戲，半夜想睡到不行時就上床睡覺。

我過得就是這種生活。

雖然玩遊戲很有趣，但現在回想起來，其中存在著一種非做不可的義務感。總覺得身為網路遊戲的無課金玩家還能躋身為頂尖玩家的榮耀，以及回應旁人期待的想法，讓我不小心太過勉強自己了。

我這種人居然會想要回應旁人的期待，這實在是令我難以置信。

唯我獨尊。從不在意別人的眼光。

我原本以為自己是這樣的人，但開始過起現在這種生活後，我才發現自己也有那種一般人會有的想法。因此，現在這種在真正的意義上什麼都不用做的生活，讓我感受到徹底放下一切的解放感。

起初，我還擔心自己會忍受不住無聊，但看來我只是杞人憂天。雖然沒有網路也沒有遊戲的地方確實無聊，但也並非無法忍受。

看來我似乎比一般人更容易感到幸福。老實說，只要能活著，我就覺得很幸福了；而現在這種食住無憂的生活根本就是幸福極了。

幸福到讓我想要乾脆一輩子都住在這裡。

雖然我不曉得蜘蛛的壽命有多久就是了。

只不過，雖然有這種想法，但我知道自己總有一天必須離開這個家。

可能是因為遇到意外事故、環境變化，足以突破蛛巢的強敵出現。

類似偷蛋賊那樣的人類出現，或是強大魔物出現等原因。

雖然不曉得會在什麼時候，但那一天肯定會到來。

畢竟世上沒有恆久不變的事物。

所以，我要為那一天的到來作好心理準備。

雖然我如此下定決心，但也未免來得太快了吧！我還沒作好心理準備耶！

驚慌失措的我，遠遠看到我家的其中一個入口燒了起來。

就在我昏昏欲睡的時候，火舌突然竄出。

我努力蓋好的家，就這樣毫無抵抗能力地逐漸被火海吞沒。

我發現自己堪稱所向無敵的蜘蛛絲，其實還有怕火這個弱點。

可是，為什麼我家會突然起火？

我馬上就知道答案了。有人。我在火焰後方看到人類男子。那人當然不是之前的偷蛋賊，且手上還握著火把。

他肯定是用那支火把在我家放火。

這可不妙。

雖然火焰擋住視線，讓我看得不是很清楚，但我看到男子身後還有好幾個人。

我不認為他們放火是件偶然的事。那顯然是因為對我的蜘蛛巢有所警戒而採取的行動。

這麼看來，他們肯定也知道巢裡躲著我這隻蜘蛛怪。

要是繼續待在這裡，就只有被火燒死，或是被人類圍捕殺死這兩種下場在等著我。

幸好火焰還沒燒到我這裡，只要從另一側的逃脫路徑逃走，應該就不會被那些人追上。

我再次環視我家內部。

自從轉生之後，我的大半輩子都是在這裡度過。

這是我費盡心思蓋好的家。

我也是在這裡發現許多事情，而且每次的發現都讓我一喜一憂。

一直以來保護著我的也是這個地方。

搞不好比起前世的房間，我對這個家的留戀還要更多也說不定。

我在這裡度過的時光就是如此珍貴。

我拔腿就跑，衝往火焰的反方向。

靈活地不斷鑽過複雜的蜘蛛網。

最後一張網。

只要鑽過那張網，就再也無法回到這個地方。

只要鑽過那張網，就再也沒有安全的地方。

儘管如此，我還是毫不猶豫地鑽過最後一張網。

雖然有股想要回頭的衝動，但我沒有這麼做。

現在我只想盡量逃得越遠越好。

於是，我就這樣被趕出自己的家。

說點題外話吧。在那之後，放火燒掉我家的那群冒險者，好像在我家中央找到了我製造的大量絲球和那顆蛋。

那裡很幸運地沒被火燒到，而他們回收了那些東西。

據說用那些絲製成的衣服賣到了非常驚人的高價。

就連某國國王都買下了那些衣服，而這件事還在一時之間成為眾人話題。

儘管處於那種狀態之下，那顆蛋好像還是活得好好的，之後似乎順利孵化了。

我是在很久很久以後才知道這件事。

總之，我當時唯一的感想，就是幸好我沒打破那顆蛋。

S3 孵化出來的東西

我和蘇緊盯著那東西看。

在我們視線的前方有一顆巨大的蛋。

那顆巨蛋的大小將近一公尺。

我記得地球上最大的蛋好像是鴕鳥蛋，但眼前這顆蛋不管怎麼看都比鴕鳥蛋大上許多。

這也是理所當然的事，因為這顆蛋裡面是隻魔物。

這個世界的魔物跟遊戲中的不一樣，不會在空無一物的地方突然憑空出現。

牠們也必須透過生殖活動繁衍後代，而這顆蛋也是魔物生下來的。

這顆蛋好像是從名叫艾爾羅大迷宮的地方拿回來的東西，被當成之前的鑑定之儀的賀禮獻給王室。

雖然魔物的蛋聽起來好像很危險，但只要在蛋孵化後立刻由人類養育，裡面的魔物似乎就能被人類馴養。

然後，這顆蛋現在正要迎接孵化的瞬間。

「加油……」

蘇喃喃低語。

蛋殼上出現裂縫，裡面的生物正拚命試著打破蛋殼。

因為兩天前便已經出現裂縫，所以這是場相當漫長的長期戰。

而現在，裂縫已經遍布整顆蛋了。

還差一點，蛋就會完全裂開。

我和蘇緊張地在旁邊守候。

雖然我忍不住想要上前幫忙，但根據安娜的說法，那樣做似乎不對。

因為若是沒辦法靠自己的力量孵化，裡面的魔物就無法順利成長。

「啊！」

蛋殼裂開一大塊，從裡面伸出像手一樣的東西。

那隻手不停揮舞，不耐煩地剝掉蛋殼。

然後，從蛋裡出現的是一隻外型類似黑色蜥蜴的魔物。

我跟蜥蜴四目相對，總覺得蜥蜴的眼睛閃爍著開心的光芒。

「一點都不可愛。」

蘇極為失望的話語，讓蜥蜴同樣大受打擊般地張大嘴。

難道牠聽得懂人話？不可能吧。

「會嗎？我覺得挺可愛的啊。」

雖然在地球上也有喜歡和討厭爬蟲類的族群之分，但我還算是喜歡的那一群。

再說，只要是男孩子，絕對會喜歡這隻蜥蜴。

「恭喜陛下。牠果然是地竜的孩子。」

看到蜥蜴的安娜這麼告訴我們。

身為半妖精且年齡遠比外表來得年長的安娜非常博學多聞。

根據她的觀察，這隻蜥蜴應該是地竜的孩子。

竜——光是聽到這個字眼，我就感到興奮。

雖然地竜就算成年也不能在天上飛，但竜就是竜。

將來肯定會變得很強大。

我試著想像自己長大後騎在竜背上的模樣，真是帥呆了。

活得夠久且等級夠高的竜好像會進化成龍，但我有辦法把這傢伙培育到那種地步嗎？我想不可能吧。

「既然蘇不想要，那這傢伙就由我來照顧，可以嗎？」

「哥哥想要的東西，全都屬於哥哥喔。」

怎麼辦？總覺得我妹妹開始往奇怪的方向成長了。

不過現在這樣反而剛好，所以我沒有多說什麼。

我抱起蜥蜴。牠很乖巧。

我摸了摸牠的頭，牠就開心地在我身上磨蹭。

「得幫牠取個名字才行。」

「可以讓我瞧瞧嗎？」

安娜從我手中接過蜥蜴。

然後在牠的下半身亂摸一通。蜥蜴相當不情願地扭動身子，但是被緊緊抓住的牠根本無處可逃。

「牠是母的。」

確認這件事後，安娜把蜥蜴還給我。

總覺得蜥蜴的表情非常哀怨。

「母的啊……該取什麼名字好呢？」

如果是公的，我會想幫牠取個帥氣的名字，但既然是母的，那我想給牠一個美麗的名字。

因為牠是隻竜，我想像不到太可愛的名字。

「好，我決定了。」

我在腦海中想好幾個名字，然後選擇最後剩下的那個。

「妳的名字就叫作菲倫。簡稱菲。」

那是在我前世玩過的線上遊戲中出現的地區名稱。

那個地區是一望無際的沙漠。

而擔任地區頭目的龍就位於沙漠中央，只要擊敗那頭龍，就能抵達綠洲。

那片綠洲的景色是遊戲中屈指可數的奇幻景點，還得到玩家票選最想拍攝螢幕截圖的風景第一名的殊榮。

夜晚時的景色更是充滿隱藏在沙漠中的樂園的風情。

這傢伙漆黑的外表讓我聯想到黑夜，所以我覺得這個名字很適合地竜。

「菲，以後還請多指教嘍。」

被我這麼一叫，菲就開心地發出「啾」的叫聲。

file.03

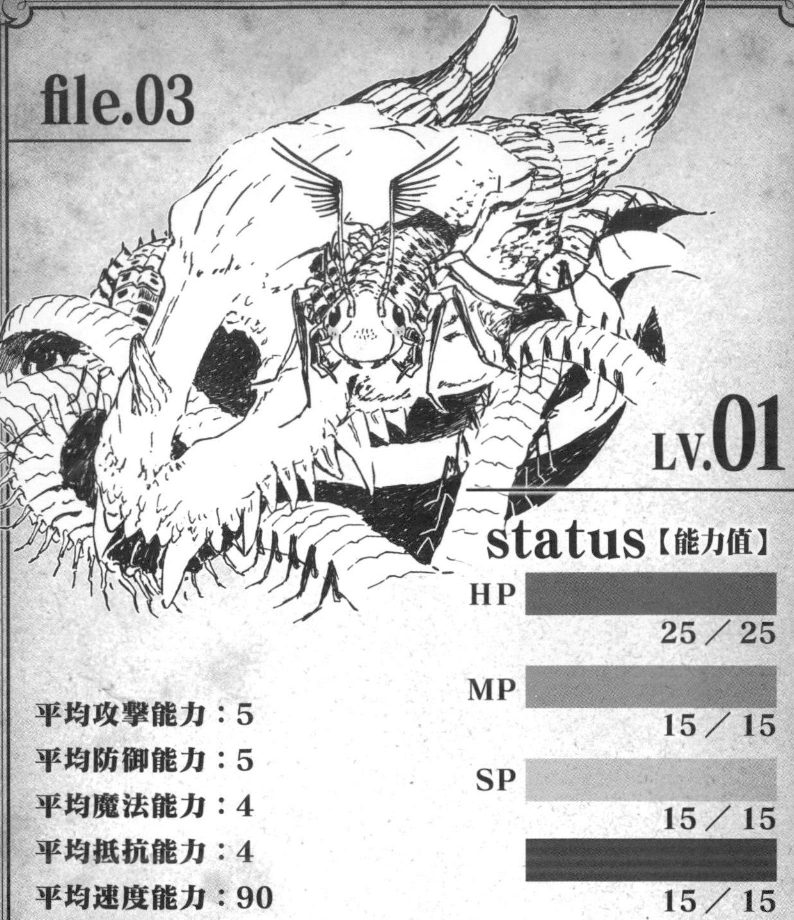

LV.01

status【能力值】

HP 25／25

MP 15／15

SP 15／15

15／15

平均攻擊能力：5
平均防御能力：5
平均魔法能力：4
平均抵抗能力：4
平均速度能力：90

skill

「麻痺攻擊LV1」「麻痺抗性LV1」

俗稱蚰蜒。長著一大堆腳的昆蟲型魔物。幾乎所有能力值都不高，只有速度異常快。不過，雖然牠是艾爾羅大迷宮的特有種魔物，卻沒有夜視技能，所以在只有一隻的情況下很容易討伐。這種魔物的可怕之處在於數量很多，以及總是過著集體生活。只有一隻的危險度是Ｆ，但成群出現時的危險度是B。

5　第一次的魔物戰鬥

我的腳步異常沉重。

雖然全速奔跑後的疲倦也是原因之一，但精神上的沉重打擊才是主因。

我心愛的家就這樣沒了。

我那顆即使變成蜘蛛，吃下噁心食物也不曾動搖的鋼鐵之心，彷彿開了個大洞。

啊……雖然早知道總有一天會遇到不得不離開家的變故，但實際到了這一刻時，這打擊還是比我想像中大。

以為這件事不會馬上發生的想法也加重了打擊。

真希望至少在升上10級之前能保住那個家……

嗚嗚嗚……嗚嗚嗚嗚嗚……嗚嗚嗚嗚嗚嗚……嗚哇啊啊！

好啦，別再想著失去的東西了。換個心情吧。

現在先來決定未來的計畫吧。我有好幾個方案。

1：另外找個地方建設我的新家。

2：就這樣在這個迷宮裡徘徊。

3：朝迷宮的出口前進。

馬上就能想到的方案大概就是這些了。

如果就安全性和其他因素來考量，我會想選擇第一個方案。

不過正因為如此，我反而不想選擇這個方案。

家真的很棒。

不但無須煩惱衣食住的問題，而且幾乎不需要勞動，簡直可說是理想中的樂園。

不過，要是在這樣的環境之中悠閒度日，我恐怕會變得越來越沒用。

不管是精神上還是肉體上都一樣。

要是一直躲在家裡安全地捕獵敵人，一旦發生出乎意料的狀況，我就會完全沒有應變的能力。

這次的事情讓我體會到這一點。

如果我不改變自己，那以後遇到能突破蜘蛛網的敵人時，我都只能選擇逃跑。

這樣不行。要是我每次逃跑後，都像現在這樣大受打擊的話，那可就沒完沒了了。

更重要的是，我家被燒燬這件事，在我心中燃起了一股火焰。

我不會允許自己一直逃跑下去。沒錯，我現在非常不甘心。

我家就這樣被人輕易毀掉，而我對此完全無能為力，還把逃跑當成是理所當然的選擇。

沒錯，我確實是毫不猶豫就選擇了逃跑。

不過，實際逃跑後又如何呢？

我只感到比死還難受的懊悔和羞辱！

叫我再逃跑一次？

那種事情誰受得了啊？

我之所以如此激憤，不光是因為我家是個便利的地方，而是因為那裡對我而言是個重要的地方。

換個陳腐一點的說法，那裡八成是我真正的歸宿吧。

前世的我沒有歸宿。家庭殘破不堪，在學校也沒有朋友；遊戲畢竟也只是虛擬世界，到處都沒有我的歸宿。就只有「算了，就算沒有歸宿，我也不在乎！」這種自暴自棄的想法伴隨著。

而我家是這樣的我為自己量身打造，只屬於我自己的歸宿。

那是別人無法踏足的地方。但那個地方被奪走了，這就跟我的存在本身被奪走沒兩樣。要是在這一點上退讓，我將再也無法對自己感到驕傲。

只要能活著就很幸福？

哈，看來我也是個和平日子過太久的道地日本人呢。

人要是活得沒有尊嚴，那就跟死了沒兩樣。

這次的事件，讓我深深感受到這個道理。

我失去了家。我的尊嚴也受損了。

為了不讓自己的尊嚴繼續受損，我無論如何都得變強。

為此，我不能只躲在新家裡面進行安全的狩獵。

我必須多累積實戰經驗才行。

這麼一來，我就只剩下在迷宮裡漫無目的地徘徊，以及朝出口前進這兩個選擇了。

話雖如此，但老實說這兩個選擇其實沒什麼差別。

因為我根本不曉得出口在哪裡，結果我還是只有漫無目的地徘徊這個選擇。

再說，我對這個迷宮幾乎完全不了解。

這個迷宮明明是我出生長大的地方，我卻連這個迷宮的名字都不知道。

我不知道這裡有多大，不知道這裡的難度有多高，就連大致上的地形都不知道。

不知道的事情根本數不完。

嗯？我之前好像也曾因為搞不懂的事情太多而煩惱……

啊！對了，就是在我取得鑑定技能的時候！對啊，我還有鑑定。

雖然在家裡沒辦法繼續提升等級，但來到外面的現在就沒問題了。

只要等級提升，這個技能說不定會稍微派上用場，以後就一直開著鑑定吧。

既然下定決心，那就開始鑑定吧。

〈迷宮的牆壁〉〈迷宮的地板〉〈迷宮的天花板〉

這技能還是一樣毫無用處耶。

啊，不過，我現在每走一步都會不斷顯示鑑定結果，所以熟練度應該升得很快。

嗚……情報不斷流進腦袋，感覺不太舒服。

看來在習慣之前得多忍耐一下了。

《熟練度達到一定程度。技能〈鑑定ＬＶ２〉升級爲〈鑑定ＬＶ３〉。》

我才剛這麼想，技能等級就馬上提升了。

雖然距離我開始鑑定還沒過很久就是了。

沒想到脫宅之後居然這麼輕易就升級了。總覺得心情有些複雜。

算了，反正升級是件好事。

好啦，不知道ＬＶ３的鑑定效果如何？我馬上試著鑑定自己。

〈小型次級蜘蛛怪　ＬＶ５　姓名　無〉

可以多看到等級了耶。萬歲！唉……算了，反正這也算是進步……

這技能到底要到幾級才能派上用場啊？真是的……

不過，我所屬的種族——小型次級蜘蛛怪在這個迷宮裡到底有多強啊？

就在我突然想到這個問題時，意想不到的事情發生了。

〈小型次級蜘蛛怪：次級蜘蛛怪的幼體〉

什……麼……？

咦？難不成這是把鑑定結果中出現的種族名稱拿去再次鑑定的結果？雙重鑑定？

喔喔，好像發現頗為重要的祕技了耶。

剛才到底是怎麼回事？反正試了就知道，於是我再次發動鑑定。

〈蜘蛛怪：蜘蛛型魔物的一種〉

成功了！這好像有點厲害耶！

要是鑑定結果中出現未知的詞彙，居然還能繼續鑑定那個詞彙。

哈哈！

雖然說明內容還很少，情報量根本不夠，但要是技能等級繼續提升，搞不好會變成不得了的技能耶。

說不定能透過一次的鑑定結果，順藤摸瓜得到各種知識。

喔耶！抱歉，鑑定小姐，我不該說妳沒用！

我以後會盡全力提升等級的！

我在迷宮裡徘徊，尋找適合作為實戰對手的魔物。找到了。

〈艾爾羅蛙怪　LV3〉

我在藏身的通道前方看到宿敵青蛙的身影。

機會難得，順便鑑定一下青蛙的詳細情報吧。

〈艾爾羅蛙怪：棲息於艾爾羅大迷宮的青蛙型魔物〉

嗯？等一下。在魔物的說明文中，有一個無法忽視的詞彙喔。

〈艾爾羅大迷宮：連接達斯特魯提亞大陸和卡薩納喀拉大陸的世界最大地下迷宮〉

我意外得知自己目前的所在位置。

我身處的這個迷宮似乎叫作艾爾羅大迷宮。

我還在想經常出現在魔物名稱前面的艾爾羅是什麼意思，沒想到就是這個迷宮的名字。

話說回來，原來這裡是世界最大的迷宮啊……難怪這麼廣大。不過，連接大陸的地下迷宮是什麼意思？也就是說，這個迷宮的上面是海洋嗎？

嗚哇……真的假的？難怪這麼廣大。

我還順便鑑定剛才出現的兩個大陸的名稱。

〈達斯特魯提亞大陸：存在著許多人族國家。〉

〈卡薩納喀拉大陸：世界最大的大陸。〉

嗯……如果我想逃出這個迷宮，那選擇人族勢力強大的達斯特魯提亞大陸似乎比較好，但我好像沒有選擇的餘地。

先來搞定那隻被忙著鑑定的我遺忘的青蛙吧。

那傢伙背對這裡，還沒發現我的存在。

要就這樣發動偷襲嗎？我才剛這麼想就被發現了。嘖。

嘰呀呀呀！

總之先威嚇敵人再說。

呸！

啊哇！

給我慢著……哪有人這樣二話不說就突然吐口水啦！

我差點就被噴到了耶！

呸！呸！呸！

不要吐個不停啦——！

嗚哇！嗚哇！喔嗚！誰有辦法全部躲開啊？好痛好痛！

雖然拜抗性所賜，感覺沒第一次中招時那麼痛，但還是會痛啊！

還有，原來你這傢伙沒被絲綁住時這麼活潑喔！

呸！呸！呸！

暫停暫停！咿呀！又有一發沒躲過了！

不妙，再這樣下去只會單方面挨打！

既然這樣就只能硬上了！

呸！呸！呸！

誰會一直中同一招啊！

挨了這麼多發後，我早就知道你一次頂多只能吐三發口水了！

別小看別名韋駄天的玩家的觀察力跟閃躲技術！看我躲開口水！

然後就這樣朝青蛙揮出爪子！

嗚！果然被躲開了嗎？啊，這傢伙居然跳起來用舌頭反擊！

啪！好痛——！

而且舌頭上好像也有酸液，讓我不只感覺被毆打，還感到被酸液侵蝕的疼痛。

喔喔，這招把我打慘了。

如果有體力計量表，我肯定是紅血狀態。

要是再被打中一下的話就糟了。

不過那種事絕對不會發生，已經分出勝負了。

因為青蛙跳過去的地方，有我事先鋪好的絲。

我的伎倆很單純。

就只是在閃躲口水攻擊的同時，把絲吐在地上罷了。

看來我好像有在走路時不知不覺把絲吐在地上的習慣。

我這次就是利用了這個習慣。

我讓自己在無意識中吐在地上的絲擁有黏性。

再來只要把青蛙引誘到有絲的地方就行了。

為了讓牠主動跳到有絲的地方，我還調整了利爪攻擊的角度和速度。

不過我沒料到會受到來自空中的反擊……

青蛙在著地的同時被絲黏住。

我毫不留情地趁機把更多的絲纏在牠身上。

然後用毒牙給予致命一擊！

青蛙被我的毒牙咬死了。

《熟練度達到一定程度。技能〈酸抗性ＬＶ２〉升級爲〈酸抗性ＬＶ３〉。》

技能等級提升了。

這樣下次跟青蛙戰鬥時，應該會變得比較輕鬆。

事實上，要是沒有抗性，我很可能早就受到足以致死的傷害。

真是好險。我的身體已經傷痕累累。

兩發口水攻擊和一發舌頭攻擊，光是這樣就讓我受到瀕死的重傷。

舌頭攻擊尤其可怕。被直接打中的身體都凹進去了，而且光是那股衝擊力，就讓我傷了好幾隻腳。

我並沒有掉以輕心。

我早就知道在不依靠蜘蛛網正面對決的情況下，我跟其他魔物戰鬥的勝算並不高。

但我心中的某處還是懷著「船到橋頭自然直」這樣的天真想法。

老實說，這場戰鬥比我預期中還要艱辛。

這場第一次算得上是實戰的戰鬥，我贏得非常驚險。

不管怎麼樣，受到這麼重的傷，我也已經無法展開行動。

我得先在這裡做個簡單版的家，暫時專心養傷。

簡單版的家一如其名，就是規模比較小的家。

我把解決掉的青蛙擺在一旁，開始築巢。

嗚……只要身體一動就感到一陣劇痛。

《熟練度達到一定程度。取得技能〈疼痛抗性ＬＶ１〉。》

哦？新技能？嗯，總覺得疼痛減輕了。

雖然還是很痛就是了……

不過，有這個技能好像會很方便。

如果我還能繼續存活，技能等級自然也會跟著提升，看來這技能會很有幫助。

呼……簡易版的家總算完成，這樣我就能好好休息了。

要是在這種狀態下被魔物襲擊，我肯定是不堪一擊。

啊，總之，既然都辛苦解決掉獵物了，趕快開動吧。

嗯。經歷初次實戰後，我明白了一件事。

我還真不是普通地弱耶！

與其說是我個人弱小，倒不如說是包括我在內的小型次級蜘蛛怪這個種族都很弱。

算了，畢竟我只是次級種族嘛。攻擊力超級弱，防禦力也不強。雖然唯一長處的速度還算是不錯，但也沒辦法完全躲開初次見到的青蛙口水三連彈。

我的基礎能力值甚至比低等級的青蛙還要爛。

至今為止我之所以能輕易擊敗魔物，全是因為擁有用蜘蛛絲築成的巢這個陷阱。正面與敵人戰鬥的下場就是這樣，我充分明白自己有多麼依賴我家的防衛能力了。

不管怎麼樣，這下我總算明白了。正面進攻不適合我。

當我與敵人正面對決時，勝負的關鍵可說是完全取決於該如何用絲綑住對手。雖然我姑且算是還有用毒牙直接咬人這個攻擊手段，但是憑我這種寒酸的能力值，在正面突破咬到敵人之前就會沒命。

我必須一邊靠著速度玩弄對手，一邊找尋機會攻擊；要不然就是得像這次這樣設下陷阱，用絲綑住對手。

這好像會是我的基本戰術。要不然就是事先設好陷阱，然後把敵人引誘過去。

想到這裡，我才發現青蛙說不定是我的天敵。

畢竟青蛙會從遠處單方面發動攻擊，就像是固定砲台一樣。

因為不會隨便亂跑，所以也不會自己跳進陷阱。

唉……

課題真多。我發現自己的弱點，而且還是一大堆弱點。

不過，我不能因為這樣就認輸。

如果只以活下去為目標，我只需要築巢就夠了。

但這樣是不行的。

既然已經決定要活得有尊嚴，我就不能選擇輕鬆的道路。

不過，現在還是先休息吧。

不曉得這傷勢要多久才會好？話說，這真的治得好嗎？

總之先睡覺吧。今天發生太多累人的事，為了讓身體恢復，我得好好睡一覺養足精神。

事情就是這樣，晚安啦。

ＺＺＺ……嗯？啊，感覺我好像昏過去了。

與其說是感覺，倒不如說是幾乎昏過去了吧。

嗚……身體還在痛。我想也是，那種重傷，應該不可能睡一晚就好。

呼啊……痛痛痛痛！我照慣例伸了個懶腰，結果折彎的腳立刻傳來一陣劇痛。

嗚，傷勢嚴重的右側中間兩隻腳特別痛。該不會已經斷掉了吧？

我開始擔心身上的傷不會好了。

叮叮。嗯？

總覺得絲在震動……嗚哇，簡易版的家的蜘蛛網抓到魔物了。

我平常總會因為獵物上鉤那瞬間的震動而醒來，看來我睡得比想像中還要熟。

不過，這八成也是因為我身上的傷勢太過嚴重。

〈艾爾羅翼蜥　LV4〉

嗚哇……是石化蜥蜴耶。又有難纏的傢伙上鉤了。

該怎麼辦才好呢？

那傢伙擁有石化魔眼，就算被蜘蛛絲纏住，只要和我對上視線，就能使出石化攻擊。要是在受到這種重傷的情況下，受到石化攻擊，應該很不妙吧？

但是好不容易有獵物上鉤，我才不會就這樣放過。

盯。

啊，糟糕，對上視線了。

嗚哇！腳尖石化了！可惡！既然這樣就沒辦法了。

我咬！

拜石化抗性所賜，我被石化的速度相當慢。

不過，沒有受傷的前腳不能用是件相當不妙的事。一個搞不好，就連走路都會有困難。

拜託，讓我在腳還能動時解決牠吧！

不知是否是祈禱奏效，在我的腳將近一半都被石化時，翼蜥終於氣力用盡了。

嗚嗚嗚……雖然不是沒辦法走路，但這樣還真不方便……

《經驗值達到一定程度。個體──小型次級蜘蛛怪從LV5升級爲LV6。》

哦？喔喔！天降甘霖啊！

《各項基礎能力值上升。》

《取得技能熟練度等級提升加成。》

《熟練度達到一定程度。技能〈毒牙LV4〉升級爲〈毒牙LV5〉。》

《熟練度達到一定程度。技能〈石化抗性LV1〉升級爲〈石化抗性LV2〉。》

《取得技能點數。》

OKOK，有兩個技能升級還真是讓人開心。

不過，現在有比這還要令我開心的事！

我身上的皮悄悄脫落。我脫皮了。

這是等級提升的恩惠之一──脫皮後的完全回復！

雖然我有些擔心身體凹陷的傷可能治不好，但那個部位也完全復原了。

呀呼──！謝啦，翼蜥大哥！然後我要開動了！

雖然我不是有意而為，但我就這樣成功治好身上的傷。

這樣我就能繼續探索迷宮了！

S4 技能

我的眼睛緊緊盯著眼前的書。

「怎麼樣，很厲害吧？」

一臉得意地說出這句話的人，正是叶多——也就是公爵千金卡迪雅。

自從鑑定之儀那天後，卡迪雅就經常跑來找我玩。

起初我都叫她叶多，但她覺得這樣不太自然，所以要我叫她現在的名字——卡娜迪雅，暱稱就是卡迪雅。

不過，卡迪雅還是一如以往地叫我俊。

因為就算用俊當作修雷因這名字的暱稱也沒有問題，所以她就硬是照著以前那樣稱呼我了（註：俊的日文發音為Shun，跟修雷因的Shlain接近）。

雖然我不在乎，但令人傷腦筋的是，用暱稱稱呼彼此的我和卡迪雅，在旁人眼中似乎感情很要好。

我們感情要好是事實，但現在的卡迪雅是女生。

有些人就因為這樣，誤以為我們是另一種意義上的感情要好。

而那些人之中的頭號人物——我妹妹蘇就坐在我跟卡迪雅中間。

每次卡迪雅來玩，蘇都會用極為可怕的表情瞪著她，然後擋在我和卡迪雅之間。

每次都讓卡迪雅露出無奈的苦笑。

我只是想當個理想的哥哥，為什麼事情會變成這樣……

總覺得，最近就連菲都成為蘇嫉妒的對象了。

老妹啊，不管怎麼說，連對寵物都這樣，也太誇張了吧。

而菲就坐在我的大腿上，一臉好奇地看著我手上的書。

菲聰明到讓我好幾次都懷疑牠聽得懂人話。

話雖如此，我也不曉得牠是不是真的聽得懂人話。就算牠聽得懂，應該也不至於連文字都看得懂吧。

「這是公爵家所持有的技能全集，市面上應該找不到內容如此詳細的書才對。」

那本書上寫著人們已經搞懂的技能的詳盡說明。

不但寫著技能效果，就連取得條件都沒有遺漏。

簡直就跟攻略本一樣。

順帶一提，卡迪雅說日語和這個世界的人族語言時的語氣截然不同。

相較於說日語時的男性口吻，因為受過貴族教育，所以她說人族語時則是標準的大小姐語氣。

因為知道她的真面目，我起初還差點因為那種反差而笑出來，但現在已經習慣了。

之所以會有這種問題，是因為她只在我們兩人獨處時說日語。而我跟卡迪雅見面時，蘇通常也在場，所以比較常聽她用大小姐的語氣說話。

「太棒了。只要有這本書，不就能取得任何想要的技能了嗎？」

「那可不見得。畢竟時間是有限的。我們必須先決定好應該優先取得的技能，然後充分運用有限的時間才行。」

我興奮地不斷翻頁。

裡面既有我已經知道的技能，也有我還不知道的技能。

一旦看到還不知道且效果看似強大的技能，我就會忍不住停止翻頁。

「俊和蘇都已經取得所有的基本能力值技能了吧？既然如此，那就應該趁早鍛鍊這些技能才對。」

所謂的基本能力值技能，就是以生命、魔量和強力等技能為代表，單純擁有提升能力值效果的技能。

「基本能力值技能會在升到等級10後進化，效果不但會提升一個檔次，還會在等級提升時附加成長補正值。因為我們還不曾跟魔物戰鬥，所以暫時都會是等級1。要是能在等級提升之前取得這些會附加成長補正值的技能，對往後應該會很有幫助。」

我們的等級都還是1。

不光是魔物，只要殺掉生物都能提升等級。

但因為我們還不被允許與魔物戰鬥……不，我們甚至就連外出都不被允許，所以暫時沒機會提升等級。

儘管如此，能力值還是會隨著成長與訓練緩緩提升。

不過，還是只有在等級提升時才會出現劇烈變化。

「雖然理想狀況是讓這些技能進化兩次，但這種想法或許還是太奢求了吧。」

一旦技能提升到等級10就會進化，或是取得衍生技能，可以說是好處多多。

然而，由於技能等級越高，再次升級所需要的熟練度也會變得越多，所以想提升到等級10是件難事。

「要是能進化成剛毅、城塞或韋馱天的話，能力值的上升幅度也會大為不同。如果能進化到那個地步當然是再好不過……要不然，至少也得進化到前一個階段才行。」

「妳說得對。不過，我沒想到居然沒有能讓賺取經驗值和熟練度變得更容易的技能。」

在RPG之類的遊戲中，通常都會有練級時必備的增加經驗值之類效果的技能，但這個世界卻沒有這種重要技能。

「沒錯。而且，你有發現嗎？」

「嗯。」

我已經把技能全集上記載的技能全都看過一遍，知道卡迪雅想說什麼。

雖然蘇和我一起翻閱技能全集，卻好像完全沒發現這件事。

她一臉不可思議，同時因為我和卡迪雅之間的默契而面露不滿。

「找不到生產系的技能。」

「不光是這樣，這個世界只有戰鬥系的技能。」

沒錯，儘管有著足以寫滿一本書的技能，卻完全沒有生產系之類的非戰鬥系技能。

雖然也有只要好好運用就能用於生產的技能，但那些全都是戰鬥技能的附帶效果。

儘管存在著這麼大量的技能，技能內容卻如此狹隘，實在讓人覺得不對勁。

這大概是只有在日本玩過遊戲的我和卡迪雅能發現的事情。

至於原本就住在這個世界的人們，應該只會認為技能就是這種東西。

「彷彿這裡是為了戰爭而存在的世界……」

我因為自己的喃喃低語而感到有些畏懼。

不殺掉其他生物就無法提升等級的世界。

只有戰鬥系的技能系統。

真的就像是世界在鼓勵人們戰鬥一樣。

「雖然還只有少數人知道這個消息，但魔王軍似乎正在急速擴充軍備。」

「這個嘛……」

「說不定總有一天會開戰。在那一天到來之前，我們就盡可能地鍛鍊自己吧。」

聽到卡迪雅這句話，我只能默默地點頭同意。

總覺得坐在我腿上的菲也有些不安，於是我摸摸牠的頭，讓牠安心。

6 加分關卡？

因為等級提升治好了青蛙造成的傷，我重新開始探索迷宮。

我發現今天的第一隻獵物了。嗯，是我從未見過的傢伙。

那是長著一大堆腳，有點像是蚰蜒的魔物。

總之先鑑定看看吧。

〈艾爾羅多腳怪　能力值鑑定失敗〉

嗯？失敗？啊，沒看到等級耶。

原來鑑定也會失敗啊……這我還是第一次知道。

算了，反正以我目前的鑑定等級來說，就算失敗也跟成功沒有太大差別。

雖然跟青蛙戰鬥時被發現了，但蚰蜒還沒有發現我。

這是從背後偷襲的大好機會！

我在不發出聲音的情況下迅速逼近敵人的背後。

嘶嘶嘶嘶嘶。你好……去死吧！

偷襲輕而易舉就成功了。

輕鬆到讓我覺得失望的地步。

我用絲把敵人綑起來，然後用毒牙了結牠的生命。

這蚰蜒看起來就很難吃，吃起來也確實很難吃。

而且牠身上好像還有奇怪的毒，讓我吃完之後覺得不太舒服。

總覺得身體有點不聽使喚。

唉……自從轉生成蜘蛛以後，我一次都沒有吃過覺得好吃的東西。

雖然知道這是個奢侈的煩惱，但我還是想吃美味的食物。

唉……不曉得有沒有地方能撿到泡麵？

想也知道不可能。我還是乖乖認命，繼續探索迷宮吧。

《熟練度達到一定程度。技能〈鑑定ＬＶ３〉升級爲〈鑑定ＬＶ４〉。》

喔，鑑定的等級終於提升了。

這時的我已經不太會因為鑑定而頭暈，所以熟練度升得很快。

好啦，這次的等級提升會增加什麼功能呢？

〈小型次級蜘蛛怪　ＬＶ６　姓名　無〉

奇怪？沒改變耶？

我才剛這麼想，就發現種族名稱下面多了幾條有顏色的線條。

從上到下依序是綠色、藍色、黃色和紅色，而黃色跟紅色的線上下相連，變得像是一條粗線。

這些線條是什麼？

〈HP條〉

〈MP條〉

〈SP條〉

試著鑑定一下後，我才知道這些線分別是代表生命力的HP條，以及代表魔力的MP條。

但我不是很清楚最後的SP是什麼東西。

鑑定結果是體力。

難不成那是物理版的魔力，只要運動就會減少嗎？

嗯……？可是，為什麼會有兩條計量表？

而且上面的黃色計量表是滿的，但下面的紅色計量表只剩下三分之一。

這兩條計量表差在哪裡？真搞不懂……

我希望能一直顯示著HP，所以盡可能一直保持對自己使用鑑定的狀態。

我試著維持住對自己發動的鑑定。嗯……大概是這種感覺吧？

嗯，還挺順利的嘛。

這樣一來，只要我不刻意解除鑑定，就能一直看到HP之類的狀態。這樣方便多了。

不過，能看到自己的狀態只是變得比較方便，但要是能看到對方的ＨＰ或ＭＰ的話，豈不是會相當有利嗎？

因為只要能看到敵人的ＨＰ殘量，就能得知還需要幾次攻擊才能擊敗敵人；在對付依賴魔法戰鬥的敵人時，只要知道對方還有沒有ＭＰ就幾乎等於贏了。

光是知道敵人的部分情報，應該就能在戰鬥時帶來極大的優勢。

這是不是代表鑑定果然要變成作弊技能了呢？

呵呵呵……我早就知道會這樣，才會故意取得鑑定技能啦！

我絕對不是不知道這件事！

就當作是這麼一回事吧！

好啦，重新打起精神繼續探險。喔，發現魔物了。

〈艾爾羅多腳怪　ＬＶ２　能力值鑑定失敗〉

我要撤回前言，這技能果然沒用。為什麼偏偏要在重要時刻失敗……？

唉……心懷期待的我真是個笨蛋。

總之，先想辦法解決掉我發現的這隻蚰蜒吧。

嗯，不過，從這個位置好像沒辦法發動偷襲。

雖然那傢伙還沒有發現我，卻面向著這邊。

啊，我想到好主意了！

我偷偷摸摸地爬上牆壁。蜘蛛的身體在這種時候真是方便，我就這樣爬到天花板上。

嗚，頭下腳上地在天花板上爬行果然有點吃力。不過，只要下盤多用點力，倒也不是沒辦法前進。

我就這樣偷偷摸摸地貼在天花板上移動。我的腳，加油啊！

嗯？體力計量表減少了？

不，現在不是在意那種事的時候，我得先專心執行這個作戰才行。我成功抵達蚰蜒頭上。

很好，那傢伙沒發現躲在正上方的我。

我把絲黏在天花板上，接著就這樣朝向蚰蜒垂降。

然後直接一撲而上！

雖然蚰蜒慌忙閃躲，但已經來不及了。

看招，纏繞纏繞！死吧，毒咬！哇哈哈哈哈！

這就是我的吐絲飛躍作戰！大成功！

那我要開動嘍。

嗯……

我邊吃邊回想剛才體力計量表減少的事。

當我爬到天花板上時，減少的是上面的黃色計量表。

黃色計量表在我下盤使勁時緩緩減少。

不過，現在已經完全恢復了。嗯～？

《熟練度達到一定程度。取得技能〈麻痺抗性LV1〉。》

喔……喔喔！蚰蜒，原來你有麻痺技能啊！

如果我沒有靠著偷襲擊敗牠，這傢伙該不會相當難纏吧？

看來以後要注意一點。

嗯？嗯嗯？

我總覺得體力計量表下方的紅色計量表好像在慢慢恢復耶。

紅色計量表原本應該只剩下三分之一，但現在正在慢慢恢復。

為什麼？我做了什麼會恢復體力的事嗎？

……啊，我在吃飯。啊啊！就是因為這樣吧！原來如此。

也就是說，下面這條紅色計量表是代表我身上儲備的體力總量。

而上面那條黃色計量表，應該就是在短時間內所能使用的體力吧？

我試著全速奔跑了一下。

黃色計量表逐漸減少。在黃色計量表見底的同時，我也剛好用盡所有力氣。

呼……呼……

啊……才剛吃飽就全速奔跑……我是白痴嗎？肚子好痛……好難受……

不過，這樣一來就能確定了。

黃色計量表是爆發力計量表。一旦這條計量表見底，我就會喘不過氣。

不過，因為這是在短時間內消耗的體力，所以恢復速度好像也比較快。

事實上，當我不再喘氣後，計量表就開始迅速恢復了。

而下方的紅色計量表則是體力總量。因為剛才全速奔跑，所以紅色計量表也稍微減少了一點。

反正只要靠著進食補充營養就能恢復，我以後還是多注意一下紅色計量表的剩餘量吧。

比如說，搞不好會失去行動能力之類的。我可不想遇到那種狀況。

總覺得紅色計量表見底好像會很不妙。

嘶嘶嘶嘶嘶。吐絲飛躍！纏繞纏繞！毒咬！

我開動了。

《經驗值達到一定程度。個體——小型次級蜘蛛怪從ＬＶ６升級為ＬＶ７。》

《各項基礎能力值上升。》

《取得技能熟練度等級提升加成。》

《取得技能點數。》

等級提升了耶。

雖然沒有一項技能升級讓我有點難過，但還是別想那麼多了吧。

喔，發現獵物。

嘶嘶嘶嘶嘶

《熟練度達到一定程度。取得技能〈隱密ＬＶ１〉。》

吐絲飛躍！纏繞纏繞！毒咬！

嗯？我剛才是不是有聽到什麼奇怪的聲音？

天之聲（暫定）好像說了什麼。

嗯？技能？隱密？不容易被敵人發現的意思嗎？

啊，發現獵物。

嘶嘶嘶嘶嘶。吐絲飛躍！纏繞纏繞！毒咬！

《滿足條件。取得稱號〈殺手〉。》

《基於稱號〈殺手〉的效果，取得技能〈隱密ＬＶ１〉、〈影魔法ＬＶ１〉。》

《〈隱密ＬＶ１〉被整合爲〈隱密ＬＶ１〉。》

我開動了。

嗯？我好像又聽到什麼了。

稱號？

這麼說來，在取得食親者跟暴食這兩個稱號之後，這還是我第一次取得新稱號。

殺手啊～總覺得我越來越像是忍者了。

6　加分關卡？

喔，發現獵物。

嘶嘶嘶嘶。吐絲飛躍！纏繞纏繞！毒咬！

《滿足條件。取得稱號〈魔物殺手〉。》

《基於稱號〈魔物殺手〉的效果，取得技能〈強力ＬＶ１〉、〈堅固ＬＶ１〉。》

我開動了。

哦哦？我好像又聽到什麼了？

魔物殺手？不對吧，我都已經在這個迷宮裡殺掉一堆魔物了耶，現在才給我這個稱號？難不成取得條件是擊殺魔物的數量嗎？

嗯……

嗚喔！又發現獵物了！

嘶嘶嘶嘶。吐絲飛躍！纏繞纏繞！毒咬！

我開動了。

《熟練度達到一定程度。取得技能〈過食ＬＶ１〉。》

又來了？今天的收穫還真多。

不過，過食是什麼意思？這種技能名稱會不會有點那個？

這該不會是有負面效果的技能吧？

……稍微休息一下好了。

雖然我剛才一直不去多想，但今天會不會太那個了點？

都是因為那個太那個了，所以那個才會覺得那個吧？

嗯，冷靜一下吧。

我的等級提升了。

這是件好事。只要一直狩獵，遲早都會升級，就算升級也不是什麼不可思議的事。

我還得到隱密這個技能。

這也是件好事。如果問我這個技能有沒有用，我是覺得總比沒有來得好啦，不拿白不拿。

我還得到稱號。

這有點奇怪吧。不，我覺得得到稱號是件好事。我真的這麼想喔。

不過，連續得到兩個稱號，會不會太順利了？

我想一下……

好像是殺手跟魔物殺手對吧？這兩個稱號聽起來都很危險……啊，我擁有的稱號好像都是這樣耶。現在才這樣說，好像有點奇怪。

然後，殺手這個稱號感覺有點像是忍者。

附帶得到的技能是隱密和影魔法，更是加深了這種印象。

既然叫作影魔法，是不是可以讓人躲進影子裡面啊？

讓人藏身在影子之中，感覺就是對暗殺很有幫助的魔法。

6　加分關卡？

不管怎麼樣，反正我都不能用就是了。我早就說過，我不知道魔法要怎麼用了嘛！

啊……拜託誰來教我怎麼用魔法吧。

至於魔物殺手這個稱號，其實我不太明白有什麼用處。

附帶的技能是什麼？強力和堅固？名稱的意思太過曖昧，讓我搞不懂到底是什麼技能。

嗯……？如果不要想得太複雜的話，會不會是直接強化物理攻擊力和防禦力之類的能力值的技能啊？

也可能是暫時提升能力值的輔助技能吧。

如果是前者的話倒是無所謂，但如果是後者，我果然還是不曉得用法。雖然我試著像使用鑑定時那樣默唸技能名稱，但身體毫無變化。看來還是只能當作沒有這些技能了。

那最後的過食又是什麼？

這真的不是負面技能吧？

居然對女生說吃太多了……害我有點想跟天之聲（暫定）大吵一架！

你想說我是胖子嗎？我才不是！絕對不是！我只是剛吃飽後身體變圓罷了！只要睡個一覺就會恢復苗條！看看我的纖細美腿吧！美到好像隨時都會折斷一樣！人類根本不可能擁有這種細得跟棒子一樣的腳！這樣你還敢說我胖嗎？要不是剛吃飽飯，我可是很瘦的！

呼……呼……

……好空虛。

前世從來沒人說過我胖，害我不小心反應過度。

我反倒是曾經被人說過瘦得跟骨頭人一樣……

算了……不過，今天是不是大豐收的一天啊？

我還是第一次得到這麼多成果。要是能照著這個速度得到更多成果就好了。

咦？我太天真了？好像真的耶。

探索迷宮的過程非常順利。

因為實在太過順利，害得我很想放聲大笑。

這一帶似乎是蚰蜒的地盤，蚰蜒多到數不清。

這些蚰蜒是非常好的經驗值來源。

那些傢伙的感覺似乎很遲鈍，完全無法應付我的偷襲。

只要能跑到牠們的背後或頭上，幾乎就跟打贏了沒兩樣。拜此所賜，我贏得非常輕鬆。

因為吃了一大堆蚰蜒，我的麻痺抗性升到ＬＶ３了。

為了提升狩獵的效率，我做了各種實驗，還開發出攜帶型網子這種東西。

雖然只是在手上拿著小型蜘蛛網，但只要在戰鬥前作好準備，就能省下在戰鬥時吐絲的功夫，讓戰鬥輕鬆多了。

除此之外，我還嘗試過做衣服、用絲探索敵人，以及各式各樣的實驗，但都以失敗告終。

畢竟我本來就穿不下衣服，雖然探索絲不是做不出來，但要是用絲探索敵人，我的精神就必須全放在絲上，反而會讓自己變得注意力渙散，結果只會本末倒置，最後就放棄了。

都是因為蚰蜒這種食物非常豐富，我才有辦法做這些無謂的實驗。

我今天也要努力狩獵蚰蜒。呼呼……這裡真是蚰蜒天堂耶！

我一邊哼著歌一邊探索。不過，其實我只是在腦海中播放音樂，沒有實際用鼻子哼歌啦。話說回來，我的鼻子到底在哪裡啊？算了，別管那麼多了。

哦？沒路了耶。不過，看來這裡不是死路一條。

這個迷宮不但無比寬廣，還沒有死路這種東西。

我至今走過的路全都必定通往某個地方，從來不曾走進死路。

雖然逃命時不會無路可逃是件好事，但只要想到每條路都像這樣永遠走不完，這個迷宮的廣大就會讓我忍不住想嘆氣。

看來眼前通道的終點是一個懸崖。

我在通道終點的盡頭看到一個寬廣的空間。

這表示我終於能離開這個狹窄的迷宮區域了嗎？

這麼說來，接下來會是什麼樣的地方呢？拜託不要是像一開始的蜘蛛地獄那樣的地方。

我站在懸崖旁邊，往下面瞥了一眼。

〈艾爾羅多腳怪　LV2　能力值鑑定失敗〉

〈艾爾羅多腳怪　ＬＶ２　能力值鑑定失敗〉

〈艾爾羅多腳怪　ＬＶ２　能力值鑑定失敗〉

〈艾爾羅多腳怪　ＬＶ２　能力值鑑定失敗〉

〈艾爾羅多腳怪　ＬＶ２　能力值鑑定失敗〉

〈艾爾羅多腳怪　ＬＶ２　能力值鑑定失敗〉×好多好多

《熟練度達到一定程度。技能〈鑑定ＬＶ４〉升級爲〈鑑定ＬＶ５〉。》

嗚啊！頭好痛！

鑑定的情報大量流進來，讓我的腦袋好像被揍了一記重拳。

嗚喔……我有一瞬間差點就要失去意識了。真是危險。

原來如此，要是一次鑑定太多東西，過多的情報就會讓人頭痛。

我都差點昏過去了，可見流進來的情報相當多。

……多到足以讓人昏倒的情報量？

我偷偷看向懸崖底下。

雖說是懸崖，但也不過只有一公尺高左右。

懸崖底下是一大片寬廣的空間。

不過，這個空間卻讓人覺得沒有那麼寬廣。

因為裡面滿滿都是蚰蜒，幾乎要把裡面完全塞滿。

喔哇！現在是什麼情況！放眼望去都是蚰蜒蚰蜒蚰蜒蚰蜒蚰蜒蚰蜒！

奇怪？

蚰蜒先生們在看什麼啊？看我嗎？就算看我也不會中樂透喔。

……快逃吧。我要化身成一陣風！我轉過身體，往反方向狂奔。

喀沙喀沙喀沙喀沙喀沙喀沙喀沙喀沙——！

噫噫噫——！牠們追過來了！

對不起！我不該得意忘形的！拜託各位大爺放過我吧！

黃色計量表見底了。嗚……好難受，可是現在停下腳步就死定了！

為了逃離死亡，我只好死命狂奔！

紅色計量表代替黃色計量表開始緩緩減少。

結果，我一直跑到紅色計量表低於一半，才總算甩掉蚰蜒大軍。

啊……我還以為死定了。

S5 第二位夥伴

我現在是獨自一人。

蘇去她母親那邊了。

蘇和我是同父異母的兄妹，所以蘇的母親和我之間當然沒有血緣關係。

再加上蘇的母親是這個國家的正妃，對我這個側室的孩子似乎沒什麼好印象。

因為這個緣故，當蘇去見母親時，我都會盡量避開。

一方面是因為這層顧慮，另一方面是我偶爾也會想一個人靜靜。

當我離開房間時，安娜或另一位侍女克雷貝雅通常都會陪同，但今天她們兩位都不在。

我並沒有故意甩掉她們，只是單純想要獨處，勉強要求她們讓我獨自外出罷了。

安娜是半妖精，也是魔法的專家。

克雷貝雅原本是女騎士，有著會被誤認為是男人的銅筋鐵骨，是名身經百戰的戰士。

現在的我根本不可能甩掉她們。

雖然根據安娜的說法，若是只論魔力，現在的我已經超越安娜。但沒辦法使用魔法的我，還是無論如何都敵不過安娜。

只有同時具備魔力感知、魔力操縱和魔法技能這三種技能，才有辦法發動魔法。

由於我沒有魔法技能，所以沒辦法使用魔法。

如果想學會魔法技能，就只能支付技能點數，或是使用像鑑定石那樣封入魔法之力的魔道具賺取熟練度才行。

雖然我擁有技能點數，但被安娜禁止取得魔法技能。

因為沒到一定年紀就使用魔法太過危險。

我的物理系能力值似乎比同世代的孩子來得高，但還是遠遠比不上成年人戰士。

換句話說，其實我很弱。

即使是在城內，可以讓這樣的我一個人獨處嗎？

答案當然是不行。

現在肯定有人正在暗中保護我，只是我沒發現罷了。

我讓菲站在肩膀上，獨自在城裡散步。

目的地是城裡的運動場。

雖然我現在還很弱，但只要持續鍛鍊，總有一天會變強。

這個世界的技能和能力值不會騙人。

只要有鍛鍊，結果就會反映在數值上。

之前翻閱技能全集時，卡迪雅也曾經說過，基礎能力值技能的技能等級也會隨著鍛鍊提升。

如果想提升物理系的基礎能力值技能，做運動是相當有效率的手段。
我在運動場上做重量訓練和慢跑。
在我身旁的菲也跟著一起做運動。
也不知道牠是在模仿我，還是真的在鍛鍊自己。
不過菲很聰明，所以肯定是想認真鍛鍊自己吧。
「呼……」
大致活動過身體後，我稍微休息了一下。
我喝起事前準備好的水。
菲沒有喝水。
雖然不是很清楚魔物的生態，但我從未見過菲喝水的模樣。
在休息的時候，我在不知不覺中哼起歌來。
那是這個世界沒有的日本歌曲。
我還記得跟叶多和京也一起去唱卡拉ＯＫ的事。
總覺得有些懷念。
『那首歌……』
因此，突然聽到的這句日語讓我非常懷念。
因為我跟卡迪雅也很少用日語說話。

大吃一驚的我環視周圍。

不過，我找不到說出那句日語的人。

『在這裡啦。』

在聽到聲音的同時，我的手被扯了一下。

轉頭一看，菲正輕輕咬住我的手，不斷拉扯。

「所以……菲就是漆原嗎？」

『是啊。』

恢復平靜的我正在聽菲——也就是漆原說明狀況。

漆原之所以能夠說話……正確來說是聽起來像在說話，是因為使用念話這個技能。

她似乎是在我翻閱技能全集時發現這個技能，然後就使用技能點數取得了。

『啊，跟之前那樣叫我菲就行了。』

「啊……嗯。」

雖然如此回答，但我總覺得不太自在。

我沒想到自己一直當作寵物對待的傢伙，居然是前世的同班同學。

因為變成小孩的我沒有性慾，所以沒被她看到那種糟糕的場面，但還是會覺得難為情。

『啊……可是沒想到王子陛下居然會是俊……總覺得有些失望……』

「妳這話有點過分吧？」

她毫不掩飾地說出頗為傷人的話。

『可是你想想嘛，轉生成竜的孩子，而且還是王子陛下的寵物，不管是誰都會認為，接下來是變身成人型，嫁入王室的發展吧？』

「不，我覺得一般人不會那麼想……」

『有什麼關係……讓人家稍微作個美夢嘛。』

不管怎麼說，這夢想也未免太不切實際了。

『應該說……如果不懷著這種程度的夢想，我根本不可能撐到今天。早在轉生成魔物時，我就已經別無選擇了。』

經她這麼一說我才發現。

也對。就連轉生成人類的我，在還是嬰兒時都不安到快要死掉。

不知轉生成人類之外的生物的她，一直以來都是抱著什麼樣的心情？

那種心情，我肯定無法想像。

「這樣啊……妳說的對。抱歉。妳一定過得很辛苦吧？」

『還好啦。在蛋裡面的時候，我還是多少能聽到外面的聲音。所以我也趁機拚命學習這裡的語言。』

「啊，我還是嬰兒時也是一樣。難不成每次我在看書的時候，妳都硬要跟在旁邊，是為了學習文字嗎？」

『沒錯！啊……雖然有些失望，但是遇到同伴讓我安心了點。』

同伴啊……

「跟妳說應該沒關係，其實卡迪雅也是轉生者。」

『咦？真的嗎？』

「真的。她是大島叶多。」

『什麼？大島不是男生嗎？』

「是啊。那傢伙在轉生時改變性別了。」

『真的假的？笑死人了！』

「對她本人來說，這可不是什麼好笑的事情就是了……」

『啊……我想也是。ＯＫ，我在本人面前不會笑的。』

這句話讓我感到有些意外。

老實說，我對漆原沒什麼好印象。

因為她在前世時，做過接近霸凌的行為。

對象是班上一位名叫若葉的同學。

原因是漆原喜歡的學長喜歡若葉，結果就引發了這起感情糾紛。

話雖如此，但若葉根本不認識那位學長。

只是當漆原向那位學長告白時，那位學長似乎是以自己喜歡若葉為由拒絕了她。

若葉是我們班上……不，是全校第一的美少女。

光是因為這樣，就成了許多人嫉妒的對象。

而這些人之中的代表人物就是漆原。

漆原經常故意在若葉本人面前說她壞話，或是把若葉的私人物品藏起來。

若葉本人對此毫不在意，所以沒有引起什麼大問題，但漆原的行為幾乎等於霸凌。

『你覺得很意外嗎？』

也許是我的想法不小心表現在臉上，漆原如此問道。

「是啊。」

我據實以對。我覺得這樣比較好。

『在蛋裡面的時候，我也是想了很多。因為我很早就發現自己不是人類。當時我只覺得這是報應……』

菲用自嘲的口吻這麼說：

『反正不管怎麼掙扎，我也只是一隻寵物。因為這樣，我決定出生之後要努力侍奉主人。這不光是為了贖罪，也是因為我覺得這樣比較有機會存活。只是沒想到這位主人居然是以前的同班同學，就算要玩懲罰遊戲也該有個限度吧……』

「不好意思喔，讓妳玩這種懲罰遊戲……」

『哈！你很在意啊？我開玩笑的啦。』

「聽起來不像是開玩笑……」

『別生氣嘛，我的主人，我們以後也好好相處吧。』

菲故意發出撒嬌的聲音，讓我無奈地嘆了口氣。

於是，我就這樣跟第二位轉生者重逢了。

沒錯，是第二位。

在遇到卡迪雅時，我心中就隱約浮現出一個疑惑。

不過，由於第二位轉生者的出現，那個疑惑正逐漸轉變為確信。

那個疑惑就是……該不會以前班上的其他同學也都轉生到這個世界了吧？

7 我要進化嘍

啊……蚰蜒好可怕。那到底是怎麼回事？我切身感受到數量暴力的恐怖之處。

唉……累死人了。

我因為連代表爆發力的黃色計量表見底也沒有停下腳步，現在腳抖個不停。

今天還是先休息吧。

我再次轉身看向後方，確認蚰蜒軍團有沒有追過來。很好，牠們沒追過來。

我開始鋪設蜘蛛絲，製作簡易版的家。

當我完成蜘蛛網防壁，終於可以放心的瞬間，身體立刻失去力量，直接累癱在地上。

啊……剛才那好像有點造成我的心靈創傷。

儘管每一隻都很弱，但聚集那麼多的數量時就會變成一大威脅。

要是被那麼多蚰蜒輪番攻擊，我根本毫無反擊之力。

而且那些傢伙還擁有麻痺技能。只要被咬到一下，恐怕就會成為麻痺的犧牲品。

再來就只能等著被慢慢咬碎全身。

光是想像就覺得可怕。

我應該多想想那個區域有一大堆蚰蜒的理由才對。

不，比起有一大堆蚰蜒的理由，我好像更應該思考沒有其他魔物的理由吧？

畢竟蚰蜒在只有一隻的時候非常弱。

這裡明明就有這麼棒的獵物，卻沒有身為捕食者的其他魔物存在，現在想起來實在很奇怪。

因為吃了會麻痺，所以不願意捕食——雖然不是不能想到這樣的理由，但在這個充滿有毒魔物的迷宮裡，這個理由有些薄弱。

其他魔物知道這裡有一大群魔物才不敢過來，或是在不知情的狀況下跑進來被蚰蜒吃掉，原因八成是這兩者的其中之一吧。

憑我的速度都只能勉強逃掉，其他魔物應該很難成功逃跑。就算想要逃跑，也會被追上來的蚰蜒咬到，然後在身體麻痺時被一大群蚰蜒爬上身體……

好可怕好可怕。

這表示就算是弱小的魔物，也有自己的必勝戰法吧。

雖然單就戰鬥能力來看，我也算是弱小的魔物，但只要築巢就能戰勝比自己強大的魔物。

這告訴我們，不能因為敵人弱小就掉以輕心。

我就把這次的經驗當成是上了一課吧。

反正不管怎麼說，我都平安逃過一劫了，而且我從蚰蜒身上得到很多好處也是事實。

多虧有牠們，我才能輕鬆賺到等級和技能。

不過，等級提升後的脫皮好像不會讓我的身體變大耶。

一般來說，脫皮不就是為了讓身體長得更大嗎？

雖然就等級提升這層意義來說，我確實是有所成長，體型卻完全沒有改變。

當我在出生後看到那隻疑似老媽的超大型蜘蛛時，我還以為自己也會變得那麼巨大。

但目前完全沒有那樣的徵兆。

畢竟這裡是有等級這種東西的世界，說不定也會有進化之類的概念。

啊，說到等級我才想到……

因為我一口氣鑑定了那群蚰蜒大軍，鑑定的等級也提升了。

這算是因禍得福嗎？

總之，我重新看向被設為持續顯示的自己的鑑定結果。

因為在被蚰蜒追趕的時候，我根本沒時間確認那種東西。

〈小型次級蜘蛛怪　LV7　姓名　無　能力值　很弱〉

「能力值　很弱」是什麼啦！未免也太隨便了吧！

而且還說我很弱……雖然我自己也知道……

但可以說得更委婉一點吧？

出現「很弱」這樣的鑑定結果，不就等於證明了「以全世界的基準來看，我是個很弱的魔物」這個事實嗎？

唉……害得我都沒勁兒了。

不對，我不是剛剛才學到「就算是弱小的敵人也不能掉以輕心」的教訓嗎？

我還有蜘蛛絲這個武器。

就算本體很弱，但只要擁有這些絲，我也不是沒有機會戰無不勝。

事實上，就整體上來看，我應該也算不上弱吧？

雖然能力相當極端，但我算是專精某種戰法就會很強的類型吧？

使用蜘蛛絲設下陷阱，或是靠著偷襲先下手為強，然後在敵人動彈不得時，用毒牙給予致命一擊。

嗯，連我自己都覺得很卑鄙。

要是光明正大地與敵人對決，我的戰鬥能力就會大幅降低，這樣感覺起來還挺有趣的。

簡單來說，就是看我能不能在自己的領域中進行戰鬥。

不讓對方掌握主導權，只用自己的優勢強壓敵人。

不過，要是每次都能這麼順利，我也就不需要這麼辛苦了。

唉……累了，睡覺吧。

我醒了。

身上的倦怠感還沒有完全消失，我卻突然清醒過來。

這種感覺是怎麼回事？雖然不是很清楚，但我有不好的預感。

我趕緊起身，在簡易版的家上繼續追加蜘蛛絲。

在此同時，我總算發現那種不好預感的真面目了。

〈艾爾羅蛇怪　ＬＶ９　能力值鑑定失敗〉

那是一條超級大的蛇。

身體粗到看起來能把人類一口吞下，長度也至少超過十公尺。

光看就很強，而且等級還是９。

以前遇到的魔物等級最高也只有４，但這傢伙的等級卻一口氣跳到９。

種族上來看明顯優於我，等級上來看也是對方比較高。要是正面對決，我肯定沒有勝算。

我心中冷汗直冒。現在的我就像是被蛇盯上的青蛙……不，是蜘蛛才對。

好不容易才讓因為緊張而僵硬的身體動了起來。

我緩緩退向後方，拉開跟蛇之間的距離。

但蛇不允許我這麼做。

儘管我們之間還隔著蜘蛛網，牠依然不以為意地衝了過來！

當然，牠的身體馬上就被網子纏住。不過蛇在地上不斷掙扎，硬是把絲全部扯斷！

我迅速轉身逃向後方。

我從網子的逃生口逃到簡易版的家外面，以及蛇突破第一張網子並撞向我剛穿過的網子這兩件事，幾乎是同時發生。

本能警告我快點逃跑，但我沒有這麼做。

因為我看到了，我看到蛇被網子纏住。

雖然牠有辦法扯斷蜘蛛絲，卻沒辦法把身上的絲完全弄掉。

這一瞬間，依然纏在身上的網子，以及在強行突破時纏住身體的網子，在蛇的身上複雜地纏繞在一起。

我會贏！這裡正是我的領域。

我爬到不斷掙扎的蛇身上。

在立刻用毒牙咬下去的同時，我不斷從屁股吐出更多的蜘蛛絲。

我好不容易才突破堅硬的鱗片，將毒牙刺入蛇的體內！

被注射毒液的蛇因為痛苦而更加激烈地掙扎。

即使被絲纏住身體，也依然不斷掙扎。

我的身體也重重撞在地面和牆壁上好幾次，但我靠著鬥志和毅力撐住了。

黃色的體力計量表逐漸減少。

每當身體受到撞擊時，綠色的生命力計量表也會減少。

除此之外，當我吐出蜘蛛絲時，紅色的總和體力計量表也會減少。

要是紅色計量表見底，我大概就再也吐不出絲了。

一旦落入這種情況。蛇解開束縛就只是時間的問題。

我必須在此之前擊敗這條蛇。

我心無旁騖地咬住敵人不放，並且不斷吐出蜘蛛絲。

蛇的抵抗慢慢減弱。

當黃色計量表早已見底，紅色計量表剩下不到一成時，蛇終於不動了。

這就是小看弱小敵人的下場！

《經驗值達到一定程度。個體——小型次級蜘蛛怪從LV7升級爲LV8。》

《各項基礎能力值上升。》

《取得技能熟練度等級提升加成。》

《熟練度達到一定程度。技能〈疼痛抗性LV1〉升級爲〈疼痛抗性LV2〉。》

《取得技能點數。》

《經驗值達到一定程度。個體——小型次級蜘蛛怪從LV8升級爲LV9。》

《各項基礎能力值上升。》

《取得技能熟練度等級提升加成。》

《熟練度達到一定程度。技能〈毒牙LV5〉升級爲〈毒牙LV6〉。》

《熟練度達到一定程度。技能〈夜視ＬＶ９〉升級爲〈夜視ＬＶ10〉。》

《滿足條件。從技能〈夜視ＬＶ10〉衍生出技能〈視覺領域擴大ＬＶ１〉。》

《取得技能點數。》

感覺賺到好多東西。

看來不管在哪個世界，只要戰勝比自己強大的對手，都能得到許多經驗值。

我的等級一口氣提升了兩級。

蛇確實是個強敵。在正面對決的情況下，我的勝算恐怕連萬分之一都沒有。

強壯的身體。堅硬鱗片保護之下的防禦力。從牠衝撞網子時的感覺來推測，速度應該也相當快，搞不好比我更快也說不定。

而且說到蛇就讓人聯想到毒，所以這傢伙八成也擁有毒性。

老實說，就算成功用網子抓住牠，我的勝算也只有一半。

雖然等級提升後的脫皮現象治好了我的傷，但生命力已經減少到相當危險的地步。我的體力也幾乎用盡，真的是驚險萬分。

不過得到的回報也非常豐厚。

在瘋狂捕獵蚰蜒的時候，我就覺得自己差不多要升到等級８了，但我沒想到會一口氣升到等級９。

等級提升固然讓我很開心，但技能等級提升帶來的幫助更大。

疼痛抗性提升不會有壞處，而毒牙跟蜘蛛絲一樣是我的王牌。
畢竟只要毒牙的等級提升，我的攻擊力也會跟著增加。
應該說，我目前幾乎只有毒牙這個攻擊手段。
要是遇到毒抗性高的對手就不妙了。
再來，這次等級提升最令我在意的是夜視這個技能。
嗯。說起來，就算我擁有這個技能也沒什麼好驚訝。
我之所以在這個沒有光源的迷宮裡也只感到有些昏暗，就是因為這個技能的緣故吧。
然後，因為技能等級的提升，我現在能夠清楚看到周圍的景色了。
看來技能等級最高就是十級了，要不然沒辦法解釋這種明亮的程度。
不過，也有可能剛好只有夜視技能的最高等級只到十級。
我還得到了「視覺領域擴大」這個技能，不知道這是不是把夜視技能提升到十級的獎勵。雖然是件好事，但老實說我根本不知道這個技能有什麼效果。
如果是跟名稱一樣，這個技能的效果應該是讓視野變得更寬廣，但好像不是這樣。
之前也有很多只知其名不知其效果的技能，看來這個技能也是一樣。
如果在這種時候能夠鑑定技能就好了，可惜我做不到。
發動鑑定的條件，似乎是只能鑑定「親眼見到」的東西。
而技能的相關情報全都是天之聲（暫定）告訴我的。

因為肉眼看不見，所以沒辦法鑑定。

由於鑑定結果會顯示在我的腦海中，好像算得上是「親眼看見」。

只要提升鑑定的技能等級，說不定在能力值中也會顯示出技能，這樣說不定就能鑑定技能了。

在此之前，雖然無奈，也只能把效果不明的技能晾在一旁。

好啦，既然都解決掉這個大傢伙了，趕快來享用這頓大餐吧。

為了避免在用餐時被其他魔物襲擊，我重新翻修了簡易版的家。

考慮到這條蛇龐大的體積，我覺得自己應該沒辦法一次吃完，所以決定在吃完蛇之前暫時待在這裡。

因此，我在平時的簡易版的家上多下了點功夫。

《熟練度達到一定程度。技能〈蜘蛛絲ＬＶ6〉升級為〈蜘蛛絲ＬＶ7〉。》

好事情接踵而來。

超難練的蜘蛛絲升級了。

難道是我在跟蛇打鬥時一直吐絲的成果嗎？

不管怎樣，這樣一來毒牙和蜘蛛絲這兩個我的主力技能都升級了。

老實說，比起等級提升時的基礎能力值提升，技能等級提升對戰鬥能力的幫助更有貢獻。

我懷著雀躍不已的心情享用大餐。

不過，在此之前必須先拔掉這傢伙的鱗片。

就算是我也沒辦法吃下這些硬到不行的鱗片。

我拔下鱗片啦！啊……累死人了，這個工作比我想像中還要辛苦。

這些鱗片不但硬，而且又不好剝，讓我費了不少時間。

甚至讓等級提升而恢復的總和體力紅色計量表減少到只剩下四分之一。

可見這個工作有多麼累人。

不過，這樣就能放心用餐啦！事情就是這樣，我開動了。

嗚哇，好苦。

有夠苦。這種苦應該是毒的味道吧？

肉居然苦成這樣，這傢伙的毒性到底有多強啊？要是被牠咬到，恐怕就死定了。

《熟練度達到一定程度。技能〈毒抗性ＬＶ５〉升級爲〈毒抗性ＬＶ６〉。》

嗯。雖然味道難吃，但是吃了對技能很補。

打敗蛇之後又過了幾天。

不過待在迷宮裡會讓人搞不清楚日期，所以我也不知道到底過了多久。

在這段期間，我每天都過著吃飽就睡的生活。

7　我要進化嘍

因為蛇一直吃不完，網子又一直抓到新的食物，就算我想走也走不掉。雖然我原本只是打算稍作休息，但這種情況好像不太妙。

再這樣下去，我又要變回家裡蹲了！

我斜眼看向這幾天解決掉的獵物堆成的小山。

山。沒錯，那是一座山。絕對不是山田。這麼說來，我前世就讀的班級裡，好像就有一位叫作山田的。

不不不……那種事現在根本不重要。

總之，我眼前有一座獵物堆積而成的小山。

我把被網子抓到的魔物全部解決掉，結果就變成這樣了。

在以前那個家的時候，我只要一抓到獵物就會馬上吃掉，但是在吃完這條蛇之前，我完全沒動過這些獵物，只先把獵物存放起來，然後就堆出一座山了。

因為沒有能像蛇那樣突破網子的強者，我很輕鬆就解決掉牠們了。

雖然其中也有等級6和頗為厲害的魔物，但現在全都成了那座山的一部分。

不過等級高也不見得厲害就是了。

我的等級是9。光就等級而言跟那條蛇不相上下，不過戰鬥能力卻是蛇壓倒性地強。

不但如此，就算是等級較低的魔物，要是沒有絲，我也沒有信心打贏。

仔細想想，判斷強弱時最重要的因素該不會是種族吧？就算等級相同，要是敵人所屬的種族比較強大，應該也不會有勝算。

說得誇張一點，即使就我所知最強的超大型蜘蛛只有等級1，我也不可能打得贏。

無論牠是不是等級1，只要擁有那種龐大的軀體，不管我如何奮戰也只會被一腳踩扁。

也就是說，那條蛇跟我之間的戰力差距，並不是只有等級差距。

而那條蛇現在也已經被我吃掉四分之三了。

不知該想成是那個龐大身軀已經被吃掉四分之三，還是剩下四分之一。

旁邊還有堆積如山的魔物屍體，所以想成還剩下四分之一或許比較妥當。

這麼多的存糧，說不定在我享用之前就會開始腐爛。

沒差，反正我有腐蝕抗性，就算吃腐爛的東西也不會吃壞肚子。

反倒是讓食物稍微腐爛一點，或許會對提升技能有所幫助。

味道？

我一直吃著有毒食物跟各種難吃東西，事到如今，就算食物稍微壞掉一點也沒感覺了。

嗯。

看來如果想吃光這一大堆食物，果然得繼續待在這裡。

只要能想辦法吃完這條蛇，其他魔物的屍體就沒有這麼大了，我應該有辦法慢慢處理掉。

應該說，如果不努力吃完這些食物，我真的會變回以前那個家裡蹲。

這裡也是一樣。我原本明明只打算做個簡易版的家，卻因為停留期間延長，而慢慢變成跟以前那個家差不多的規模。

我才剛這麼想，就感受到從絲傳來的震動。看來網子又抓到什麼東西了。

喔嗚。食物又要增加了。

我沒想過食物太多也會變成一種麻煩。

總之，先去獵物上鉤的地方瞧瞧吧。

對方掙扎的力道相當強，難不成我抓到大傢伙了嗎？

要是這樣的話，我當家裡蹲的期間又要變長了。

如果可以的話，真希望抓到的獵物小隻一點……這種煩惱還真是奢侈啊。

〈艾爾羅恐龍怪　LV3　能力值鑑定失敗〉

〈艾爾羅恐龍怪　LV3　能力值鑑定失敗〉

〈艾爾羅恐龍怪　LV3　能力值鑑定失敗〉

被網子抓到的是三隻魔物。啊，是在以前那個家的時候也三隻一起被抓到的傢伙。

這種魔物該不會都是三隻一組吧？

不過，這分量搞不好比大傢伙上鉤還要多。我是說肉的分量。

總之先追加了些蜘蛛絲把獵物纏得更緊，然後把三隻魔物連同網子一併抱起。

把獵物連同網子一併取下這招，是我來到這裡後學會的新招。

因為不用特地把網子的一部分扯下，所以相當方便。

我重新鋪上新的網子，抱著魔物回到家的中央。

嗚……一次搬三隻果然很重。早知道就不要嫌麻煩，一隻一隻慢慢搬就好了。

嘿咻！啊……有夠重的。

害我身體都痛了起來，ＨＰ還默默地減少了。

可惡……我要把這股怒火發洩在這些傢伙身上。雖然覺得這樣不太講理，但我不以為意。

事情就是這樣，我咬我咬我咬我咬！

《經驗值達到一定程度。個體——小型次級蜘蛛怪從ＬＶ９升級爲ＬＶ10。》

《各項基礎能力值上升。》

《取得技能熟練度等級提升加成。》

《取得技能點數。》

《滿足條件。個體——小型次級蜘蛛怪可以進化了。》

……什麼？

我在等級提升的同時聽到不得了的消息。

進化……？就是那個嗎？跟某款培育寶可夢怪物的遊戲一樣的意思嗎？

《有幾種能夠進化的上級種族。請從下列種族中選擇一種。

・次級蜘蛛怪

・小型蜘蛛怪

》

好……好的。呃……等我一下，給我一分鐘就好。

我得考慮清楚。這可是人生的重大分歧點。其實不是人生，應該是蜘蛛生才對……

總之，我不能隨便亂選。

我要進化了。嗯，這是件好事。畢竟這裡是跟遊戲一樣的世界，就算有這種事情也不奇怪。

要是對此深究只會沒完沒了。

既然說是進化，那應該也會提升能力吧？

如果能夠進化，乖乖進化肯定比較好……應該吧。

次級蜘蛛怪和小型蜘蛛怪啊……

光是聽名稱好像沒太大差別。頂多就是次級和小型的區別罷了。

唉，如果也能對天之聲（暫定）使用鑑定就好了。這樣就能清楚搞懂這兩者的不同之處。

嗯……不過，我大致想像得到這兩者的區別。

進化為次級蜘蛛怪，八成就是進化為成熟體的意思。

因為名稱裡的「小型」不見了。

反過來說，因為小型蜘蛛怪的名稱中少了「次級」，所以應該是從劣等種族進化為上級種族的意思吧？

但既然名稱裡還保有「小型」，就表示那仍舊是幼蟲的型態。

我的推測應該不會錯。

只要這麼想，我就知道該選擇哪一邊了。

我當然要選擇進化成小型蜘蛛怪。

就算在劣等種族的路線上繼續進化，感覺也不會有什麼好處。

再說，既然名稱是小型蜘蛛怪，不就表示還能往上進化一個階段嗎？

就是拿掉名稱中的「小型」，進化成普通的蜘蛛怪。

雖然不曉得進化會造成多大的改變，但至少我能確定進化後會變得比較強。

既然如此，那選擇能夠進化更多次的進化路線肯定比較好。

進化成次級蜘蛛怪後，搞不好也能繼續進化，但那只是樂觀的猜測，沒辦法說服我選擇那條路線。

再說，要是選擇進化成次級蜘蛛怪，不曉得身體會變得多大，這點也讓我感到害怕。

我是覺得身體應該不會在選擇進化後就突然變大，但也沒辦法斷言絕對不會有這種事。

畢竟這裡是奇幻世界，沒人能夠保證「我進化嘍。砰。我變大隻嘍！」這種事不會發生。

只要還存在著這種可能性，我就不能隨便做出這種選擇。

我不覺得自己會變得跟那隻超大型蜘蛛一樣大，但如果不能維持在目前這條通道裡輕易行動的體型，我會很煩惱。

我以前曾經見過名叫巨蜂怪的魔物，那種魔物的身體就大到能夠塞滿這條直徑三公尺的通道。

要是變成那種狀態，恐怕連活動身體都會有困難。

我覺得那種魔物原本應該是棲息在更加寬廣的地方，只是那隻個體偶然闖進狹窄的通道罷了。

這麼一想，我就覺得自己有可能陷入因為體積太過龐大而動彈不得的窘境。

既然如此，還是保持現在的體型比較好。

這也是我選擇進化成小型蜘蛛怪的理由之一。

嗯。我決定了。我要進化成小型蜘蛛怪！

《個體——小型次級蜘蛛怪進化爲小型蜘蛛怪。》

啊，好喔。沒想到進化開始得還真是突然呢。

雖然天之聲（暫定）總是來得唐突，但我覺得可以在營造情緒這方面多用一點心吧。

明明人家好不容易才走到進化這……一……步……

《進化完畢。》

《種族變成小型蜘蛛怪了。》

《各項基礎能力值上升。》

《取得技能熟練度進化加成。》

《熟練度達到一定程度。技能〈禁忌ＬＶ１〉升級爲〈禁忌ＬＶ２〉。》

《熟練度達到一定程度。技能〈外道魔法ＬＶ１〉升級爲〈外道魔法ＬＶ２〉。》
《熟練度達到一定程度。技能〈腐蝕抗性ＬＶ１〉升級爲〈腐蝕抗性ＬＶ２〉。》
《熟練度達到一定程度。技能〈韋馱天ＬＶ１〉升級爲〈韋馱天ＬＶ２〉。》
《取得技能點數。》

嗚喔！咦？咦？

我什麼時候睡著了？

不對，我好像是突然意識不清，然後就不省人事了吧？

這絕對是進化造成的影響。

喂，天之聲（暫定）先生，既然進化的過程會讓人昏倒，那你好歹也該事先說明一下啊！

嗯？我完成進化了嗎？

外表看起來沒什麼改變耶。

啊，鑑定結果消失了。

好，我就對自己發動鑑定，順便確認一下吧。

〈小型蜘蛛怪　LV1　姓名　無　能力值　很弱〉

喔！喔喔喔……？嗯嗯嗯？

既然種族名稱改變，就表示進化應該是成功了吧？

不過等級1是怎麼回事？難不成進化還會降低等級嗎？

呃……雖然我覺得不太可能，但能力值應該不會降低吧？

因為「能力值很弱」這點還是沒有改變，所以我也無從判斷。話說回來，我怎麼還是一樣弱啊……

比起這個更令我在意的事情，就是紅色的總和體力計量表幾乎見底了。

這就是我從剛才開始就莫名感到疲倦，而且肚子非常餓的原因吧。這八成是因為進化過程會耗費許多能量，幸好我還有大量的存糧。

雖然這次的進化姑且算是成功，但看來隨便進化是極為危險的事。

不但會失去意識，還會肚子餓。

如果還有機會進化，一定得做好事前準備。

為了恢復因為進化而幾乎見底的體力，我一直吃個不停。

首先是還沒吃完的蛇。

原本讓我吃得那麼辛苦的剩餘蛇屍，沒兩下子就被我吃進肚子裡了。

《熟練度達到一定程度。技能〈毒抗性ＬＶ６〉升級爲〈毒抗性ＬＶ７〉。》

在我剛吃完這條蛇時，毒抗性的技能等級就提升了。

拜這條蛇所賜，我的毒抗性技能升了兩級，真是賺翻了。

如果是在進化之前，吃這麼多東西肯定會脹死，但我的肚子完全沒有膨脹，詭異到讓人懷疑吃掉的東西都消失到異次元去了。

彷彿吃進肚子的東西真的全部消失了一樣。

不過與此相對的是，紅色的總和體力計量表正在迅速恢復。

就算把蛇全部吃掉，我的肚子也沒有鼓起來。不但沒有鼓起，也沒有感到滿足。距離補滿紅色的總和體力計量表也還早得很。

幸好家裡現在有堆積如山的魔物屍體。

量多到讓進化之前的我還在煩惱該如何吃完。

只要有這麼多食物，肯定能滿足這個異次元胃袋吧。

事情就是這樣，我開動了。

我吃。我吃。我吃。

一直吃。

嗯，雖然前世的我食量算相當小，但今世好像可以轉職成貪吃鬼角色喔。

總覺得，現在的我不管面對多厲害的大胃王都不會輸！

不對……我的肚子到底怎麼了？

我明明已經吃下明顯超過自己體積的食物，卻還是可以繼續吃下去耶。

我的肚子，該不會真的連接著異次元吧？

雖然明白就算煩惱也無濟於事，我果然還是會在意自己身體的狀況。

有事情想不通就讓人覺得渾身不對勁……

啊——！不想了！現在還是什麼都別想，專心吃東西就對了！

我吃。我吃。我吃。

我吃……啊，已經沒有食物了。

啊？我居然把那麼多的食物全都吃光了嗎？

……都吃光了吧。因為這裡已經連一點食物都沒有了。

真的假的……

我現在只有八分飽而已耶。紅色的總和體力計量表也差不多只恢復到八成。

吃了那麼多居然還吃不飽……

進化真是太可怕了，主要是就能量消耗量的方面而言……

如果下次進化同樣會發生在升到等級10的時候，或許我在升到等級9左右時就開始做準備會比較好。

雖然這次極為湊巧地在萬全的狀態下進化，但若是毫無準備，照理來說應該不會這麼順利。

啊……能夠解決那條蛇，真是太走運了。

要是沒有那條蛇，我也不會在這裡築巢，還存放了那麼多食物。

感謝蛇先生的大恩大德！

好啦，雖然恢復得差不多了，但我還沒有吃飽。

在吃光所有食物的現在，我已經沒有理由留在這個家了。

此刻不脫宅，更待何時！

事情就是這樣，我要離開這個惠我良多的家，再次踏上沒有目的地的旅程了。

謝謝你，我的第二個家。

雖然我本來只是想短暫停留，沒想到會在這裡住了這麼久。

後會有期！

我意氣風發地出發了。

總之為了填飽肚子，先去找尋獵物吧。

然後，雖然結果還是會跟之前一樣，漫無目的地到處徘徊，但可以的話，我想朝向這個迷宮的出口前進。

如果還能再次進化，我的身體應該會變大。

畢竟就連外觀完全沒有改變的這次進化，都對身體造成了這麼大的影響，我擔心的「進化後立刻巨大化」這件事也並非不可能發生。

這麼一來，我目前身處的這條通道的大小就讓人有些不安了。

如果可以，我想前往更大的通道。

能走出這個迷宮，當然是最好的結果。

畢竟要是我在迷宮裡變大，可是出口很小，我就有可能會出不去。

不過順利抵達出口這件事，也代表很有可能遇上在那裡出入的人類。

但我還是不想一輩子都在這個迷宮裡生活。

如果跟我的身長相比，我在剛出生時見到的那隻超大型蜘蛛的身長應該有三十公尺左右，不要說是穿過迷宮的出口，那種體型就連要在這個迷宮裡移動都會有許多限制。

如果就這樣順利進化下去，我遲早會變成那樣吧，我得在那之前離開這個迷宮才行。

話說回來，那隻超大型蜘蛛乍看之下根本就是頭目級魔物，難道我總有一天也會變成那樣嗎？

還需要進化幾次才會變成那樣啊？

如果進化到那種地步，是不是就連人類都打得贏呢？

不過，要是進化成那樣，我就出不去了！

有點期待卻又不想變得那麼大隻，總覺得心情相當複雜。

幕間　某位冒險者的獨白

我們的冒險者團隊正在迷宮裡狩獵。

冒險者窩在迷宮裡的理由，多半都是為了提升等級。

雖然外面也有魔物，但這種迷宮裡棲息的魔物比較多。

特別是大到這種程度的迷宮裡還有許多特有種魔物，而這些魔物身上的素材可以賣到很高的價錢。

提升等級以及收集這些素材，就是冒險者來到迷宮裡的理由。

「喂，有巢耶。」

同伴的提醒讓我定睛看向前方。

那裡有許多微微反射著火光，以同等間隔排列出幾何學圖案的絲線。

那是蜘蛛的巢。

也就是棲息於艾爾羅大迷宮之中，名為蜘蛛怪的蜘蛛型魔物的巢。

「難道這裡有會築巢的個體嗎？」

「是啊。我要燒掉嘍。」

蜘蛛怪這種魔物很弱。

只要提防牠身上的毒，老實說這種魔物就跟小嘍囉沒什麼兩樣。

但偶爾會出現像這樣築巢的個體。

這種蜘蛛巢非常危險。

因為具有強大的黏性和不易切斷的韌性，一旦被抓住就很難靠自己的力量掙脫。

雖然只要力量夠強就有機會掙脫，但據說在一般情況下，幾乎不可能成功。

而最簡單的掙脫方法，就是用火把絲燒掉。

即使是這種難以靠著力量扯斷的絲，也因為非常怕火而能夠輕易燒斷。

我的同伴把火炬的火移向蜘蛛巢。

巢輕易燒了起來，而且持續延燒了好一段時間。

「喂喂喂，火一直燒到裡面耶。」

「看來這巢相當大。我是覺得不太可能，但裡面的傢伙該不會已經進化了吧？」

同伴的這句話，讓我有種不好的預感。

魔物有時候會進化。

進化後的魔物會比進化前還要強。

雖然蜘蛛怪在進化前只是小嘍囉，但進化後就有可能變成難以處理的魔物。

更不用說是會築巢的個體了。

火焰熄滅後，我們開始探索蜘蛛巢的遺址。

「喂喂喂……」

「真的假的……」

聽到同伴們的驚呼聲後，我也忍不住仰望天空，雖然只能看到天花板就是了。

我們找到巨大的蛇骨，以及散落一地的蛇鱗。

除此之外，還有大量的魔物骨頭。

如果這些魔物都是被區區一隻蜘蛛怪解決掉，那情況就相當不妙了。

那個巨大蛇骨的主人，恐怕是名叫艾爾羅蛇怪的魔物。

在這個迷宮上層的魔物之中，已經算是相當危險的強力魔物了。

「有發現這個巢的主人的屍體嗎？」

「不，沒發現。」

「這裡還留有曳絲。看來牠已經離開這個巢了。」

我檢查了同伴發現的曳絲。那是蜘蛛型魔物總是拖在身後的絲。

只要追著這條絲前進，就能找到這個巢的主人。

「我們該怎麼辦？」

「追上去。」

要是放著這傢伙不管，總有一天會出問題。

如果牠已經進化的話，我們可能會打不贏，到時候就盡全力逃跑，跟外面的其他人報告這件事吧。

魔物圖鑑
file.04

巨蜂怪
LV.01

status【能力值】

HP
125／125

MP
55／55

SP
113／113

108／108

平均攻擊能力：60
平均防禦能力：38
平均魔法能力：28
平均抵抗能力：31
平均速度能力：68

skill【技能】

「毒針LV1」「飛翔LV3」「毒抗性LV1」

俗稱蜜蜂。這種魔物會以後述的女王為中心築巢，並且擁有許多為巢工作的士兵。雖然通常是在進化種的率領之下行動，但其中也存在著單獨行動的個體。只有棲息在艾爾羅大迷宮裡的個體擁有夜視技能。雖然個體的危險度只有D，但群體的危險度則會視其規模大小而改變。

8 墜落

我確認ＨＰ的殘量。

結果看見短到令人絕望的綠色計量表。

我勉強還活著，就只是勉強活著而已。

接下來該如何苟延殘喘？

我不知道。

為什麼事情會變成這樣？

即使成功進化，我也依然維持著一貫的偷襲戰法。

從等級１升到等級２的速度，相較之下較為迅速。

看來等級提升所需要的經驗值並沒有繼續累計上去。

既然已經進化，等級也提升了，我決定開發新戰術，使用技能點數取得新技能。

技能點數似乎在不知不覺間累積了兩百點，讓我成功取得兩個新技能。

一個是操絲術。

一如其名，那是操縱絲的技能。

那是只要消耗ＭＰ就能發動，可以自由自在操縱絲線的出色技能，對於以蜘蛛絲為主要武器的我來說是再適合不過的技能了。

話雖如此，等級1的操絲術幾乎沒辦法讓絲移動。

可惡！

算了，至少比魔法那種完全不曉得用法的技能好多了，只要等級提升，肯定能派上用場。

至於第二個技能……這選擇完全是個失敗。

對於只能依賴偷襲戰法的我來說，探索敵人具有非常重要的戰略意義。

那就是先發現敵人，以及防止自己被偷襲。

因為這層考量，我才會取得「探知」這個技能。

由於只要發動技能，腦袋就會痛到快要爆炸，我決定半永久封印這個技能。

我就這樣繼續探索。

《熟練度達到一定程度。技能〈鑑定ＬＶ５〉升級為〈鑑定ＬＶ６〉。》

鑑定升級！這樣就贏定啦！

考慮到技能等級的上限只到十級，我想差不多該開始慢慢出現有用的功能了……應該吧！

我懷著悸動不已的心，看向自己的鑑定結果。

〈小型蜘蛛怪　LV2　姓名　無

能力值　HP：36／36（綠）　MP：36／36（藍）

SP：36／36（黃）　：34／36（紅）

平均攻擊能力：19　平均防禦能力：19

平均魔法能力：18　平均抵抗能力：18

平均速度能力：348〉

……這……是……什……麼……！

咦？咦……？咦咦咦！

妳到底是誰！這可不是我認識的鑑定小姐！

我認識的鑑定小姐應該是位令人感到遺憾的廢材系女孩啊！

絕對不是妳這種看起來就精明幹練的冰山美人！

真正的鑑定小姐到哪裡去了？

這樣我偷偷準備好的「真沒用」這句台詞該怎麼辦！

每次都讓人百般期待，卻只追加超級微妙的新功能，結果最後被我吐槽一句「真沒用」，難道這不是那種約定俗成的老套橋段嗎？

為什麼要背叛我對這個橋段的期待！

快說！給我說清楚！

哈……呼……呼……！

糟糕，因為太過震驚，害我一個不小心就激動到失控了。

這種時候還是先深呼吸一下調適心情吧。呼……呼……哈……好，我恢復平靜了！

啊～

鑑定小姐會不會進化過頭了？感覺跟之前的落差有點大耶……

雖然這正是我希望鑑定小姐給我的東西之一……！

但總覺得無法釋懷。

舉例來說，這感覺就像是原本跟自己一樣毫不顯眼的國中同學，在升上高中後突然改頭換面一樣。

呃……連我自己都搞不懂自己想說什麼了。

總之，鑑定的這個新功能非常厲害。連之前一直無法確認的我的能力值都變得一目了然。

而且還能看到具體數值，這樣以後就能進行各種驗證了。

可是有一件事很奇怪，我的能力值不管怎麼看都很低耶。

因為沒有比較對象，我也不知道這數值到底有多低，但我好歹也已經升到10級一次，並且成功進化，結果數值居然只有這樣。

而且其中還有一項大放異彩的能力值，那就是速度。

這很奇怪吧？就只有速度的數值超出其他能力十倍以上。我的能力值到底有多偏重速度啊？

嗯……

事情發展到這個地步，就讓我想跟其他魔物比較看看。

從以往的經驗來推測，鑑定別人的失敗機率會比較高。

與其說是比較高，不如說我從未成功鑑定出等級之外的能力值。

不過，只要技能等級提升，成功率說不定也會跟著提升。有值得一試的價值。

於是我出發找尋魔物，結果總算找到一隻跟老鼠很像的傢伙。好，馬上就來鑑定吧！

〈艾爾羅鼠怪　LV2　能力值鑑定失敗〉

啊……鑑定別人的能力值果然比較困難啊，沒辦法。

嘶嘶嘶嘶嘶。吐絲飛躍！纏繞纏繞！毒咬！

《熟練度達到一定程度。技能〈毒牙LV6〉升級爲〈毒牙LV7〉。》

喔喔，毒牙升級啦！

考慮到我那已經曝光的淒慘能力值，只要把這招毒牙拿掉，我可以說是幾乎完全沒有攻擊手段。

毒牙是我最初也是最後的攻擊手段，其技能等級自然相當重要。

嗯，差不多該結束今天的探索了。

我當場開始建造簡易版的家。

好啦，既然已經確保安全，那就可以把老鼠……先別吃吧。因為我的肚子還不是很餓。雖然不是吃不下，但比起現在勉強自己吃掉，倒不如放著等睡醒後再吃會比較好。

事情就是這樣，我今天的工作只剩下睡覺了。在此之前，我還得做一件事情。

慢慢伸長。左扭右扭。轉來轉去。

我可不是在做什麼下流的事情喔，這是操絲術的練習。

做過操絲術練習後，我才明白一次最多只能操縱一根絲線。絲線的移動速度就跟蚯蚓爬行一樣緩慢。只要絲有碰到身體，可以操縱的範圍就還挺廣的。消耗的ＭＰ則是微不足道。以上全是我發現的事情。

總而言之，就目前的階段來說，這技能在戰鬥時完全派不上用場。

因此，我才會想要像這樣在睡前一邊消耗ＭＰ一邊練習，慢慢提升技能等級。只要等級提升，剛才提到的技能性能應該也會提升才對。

因為鑑定也能成長到這種地步，所以只要升到六級左右，操絲術應該也能派上用場吧。

雖然在此之前的練習時間會有點長就是了……

如果成功提升等級，我有很多想要嘗試的用法。

例如之前放棄的絲製防護服，或是必殺仕事人那樣的用法（註：「必殺仕事人」是日本的一部電視劇，內容是殺手們的故事，其中有專門用絲線殺人的角色）。因為探知處於無法使用的狀態，我還想試著再次開發探索絲。感覺未來充滿著無限的可能性呢。

《熟練度達到一定程度。技能〈操絲術ＬＶ１〉升級爲〈操絲術ＬＶ２〉。》

我才剛說完等級就提升啦！

迅速伸長。左扭右扭左扭右扭。轉來轉去轉來轉去。

等級提升之後，絲的動作好像有變靈活一些。

雖然還沒到能在戰鬥時派上用場的等級，但至少動作明顯靈活多了，搞不好這一招會比我想的還要早派上用場。

ＭＰ還剩下很多，我就盡量賺取熟練度吧。

呼啊。啊～睡得好飽。

結果我昨天一直練到幾乎用盡ＭＰ，把操絲術這個技能一口氣提升到等級３。

其實我本來是想練到ＭＰ完全用盡為止，但隨著ＭＰ越來越少，我就越是感到危險。

雖然也不知道是哪裡危險，但我的本能知道用光ＭＰ會有危險，才會在最後關頭停止練習。

睡了一晚後，我的ＭＰ已經完全恢復。

嗯，看樣子就算在睡前練習操絲術也不會有問題。

不，等一下。既然ＭＰ會完全恢復，那我沒睡覺時，是不是也該練習？

反正我平常根本用不到ＭＰ這種東西，如果ＭＰ會隨著時間經過而恢復，那在我狩獵的途中不是也會恢復嗎？

嗯，總覺得這樣比較有效率。

萬一出問題的話，只要從明天開始改成只在睡前練習就行了，凡事都要勇於嘗試嘛。

下定決心後，我開始練習操絲術。就在我即將用盡ＭＰ時——

《熟練度達到一定程度。技能〈操絲術ＬＶ３〉升級爲〈操絲術ＬＶ４〉。》

我聽到天之聲（暫定）如此宣布。

很好。非常順利。

因為ＭＰ快用完了，我沒辦法確認絲的靈活程度提升多少，但既然已經升到等級４，那應該會變得頗為靈活才對。

我是覺得還無法在戰鬥中使用，但或許可以在簡易版的家裡進行製作防護服的實驗。我開始期待今晚的到來了。

好啦，總之先來吃早餐吧。主餐是昨天抓到的老鼠。我要開動了。

嗯。很難吃。

即使吃下食物，ＭＰ也毫無改變。雖然早有預料，但看來ＭＰ不會因為進食而恢復。

不過自從進化之後，我一直過得很順利。

這就是所謂的時來運轉吧。彷彿是時代要我大放異彩一樣嘛。

呵呵呵，已經沒人能阻擋我的去路了！嘿嘿。

我要保持這個步調越變越強，努力在這個迷宮裡探索。

因為我知道這個迷宮大到不能更大的地步，只能慢慢尋找出口。

好啦，我光彩燦爛的一天又要開始嘍！嘿嘿。

啦啦啦～我懷著絕佳的心情探索迷宮。

不是我在吹牛，如果是現在這個狀況絕佳的我，那些尋常魔物根本不是對手。

畢竟只要能夠早一步發現敵人，就能靠著偷襲任意料理對手。

就算沒能如此順利，現在的我應該也有辦法正面迎戰吧。

進化後的我應該已經變強許多，技能等級也相當高，應該不會像之前跟青蛙正面對決時那樣狼狽了。

如果問我有沒有絕對會獲勝的把握，我還是會感到些許不安，但也覺得結果應該不至於太糟糕。

取得探知技能的結果是讓人有些遺憾，但我在進化之後一直都很順利。

我，所向披靡！嘿嘿，開玩笑啦。

嗯？

怎麼突然有種很不妙的預感。

總覺得，要是不趕快離開這裡就糟了。

我緩緩轉身看向後方。

在筆直延伸的通道前方，有一群身穿冒險者服裝的男子正在逼近。

糟糕。是人類！

而且他們的目標絕對是我！

不過已經進化的我，應該有辦法打贏……

〈人族　LV29　姓名　戈爾多　能力值鑑定失敗〉

〈人族　LV27　姓名　巴頓　能力值鑑定失敗〉

〈人族　LV24　姓名　歐金　能力值鑑定失敗〉

〈人族　LV27　姓名　茱莉亞・傑斯特　能力值鑑定失敗〉

〈人族　LV22　姓名　賈昆　能力值鑑定失敗〉

〈人族　LV23　姓名　雷吉　能力值鑑定失敗〉

打得贏才怪啦！

等級29是怎麼回事！

就算我的等級加起來有12，那也至少超過我一倍吧！

而且等級差不多的傢伙居然有六個，根本沒有一絲勝算！

快跑吧！

啊，有岔路。

一條往右一條往左。往右前進吧……嗯？

我瞥了左方通道的盡頭一眼。

〈艾爾羅蛇怪　ＬＶ５　能力值鑑定失敗〉

見鬼喔！

雖然等級比之前那條蛇還要低，但是在沒有巢的地方打起來，我根本不可能贏！

嗚哇……現在是「前有大蛇，後有追兵」嗎……

而且雙方都看著我，擺明是盯上我了嘛！

快逃吧！往右方通道逃！誰有辦法應付那種怪物跟人類的夾擊啊！

到底是哪個笨蛋說我所向披靡的？就是我！

不不不！

那種蛇根本不是什麼尋常魔物，明顯算是頭目級角色吧！

這種傢伙沒事幹嘛跟個尋常魔物一樣突然冒出來啊？

而且我居然正好在這種時候被人類追殺！

啊哇哇哇哇！

從後面傳來魄力十足的爬行聲！

太快了吧！為什麼牠跟得上我的速度？我的速度是348耶！

我還以為只有這項能力不會輸給其他魔物！

這樣還能跟得上我，牠的速度到底是多快啦！

呃！前面又出現其他魔物了！

〈艾爾羅恐龍怪　LV5　能力值鑑定失敗〉

〈艾爾羅恐龍怪　LV4　能力值鑑定失敗〉

〈艾爾羅恐龍怪　LV4　能力值鑑定失敗〉

不會吧！居然偏偏在這種時候遇到總是三隻一起出現的魔物！

要是只有一隻的話，我還能從旁邊鑽過去！

可是牠們三隻並肩站在一起，讓我找不到地方可鑽！

該……該怎麼辦？我到底該怎麼辦！啊啊啊……沒有時間猶豫了！

不管了！豁出去了！

我維持全速衝刺的速度爬上牆壁！

嗚喔喔喔喔！成功了！我成功了！

我成功在牆壁上奔跑！

越過三隻魔物的頭頂！

身後傳來驚人的巨響，但我沒有回頭！

雖然不曉得那三隻魔物能爭取多少時間，但我還是要趁機逃跑！

抱歉啦，路過的三位魔物先生，這也是弱肉強食的結果啊。

成為我的替死鬼吧！

哇哈哈哈哈！

我靠著犧牲三隻魔物成功逃過一劫啦！

至少讓我為牠們默哀……咦？

前面沒路了耶。

等一下……這該不會是跟在蛐蜒巢穴那時一樣的模式吧？

哇哇哇哇！糟糕糟糕！我的速度太快，沒辦法緊急剎車！

啊……啊……等一下——啊！

我全速跳進空無一物的虛空。

咦？啊……這好像……是個深不見底的寬廣洞穴耶，摔下去絕對會死……

摔下去？不要啊——！

無繩高空彈跳可一點都不好玩啊！繩子……？繩子！

我還有蜘蛛絲啊！

我把絲射向牆壁，並且牢牢黏住！

好，這樣就行了！嘎噗！

啊……痛死我了。

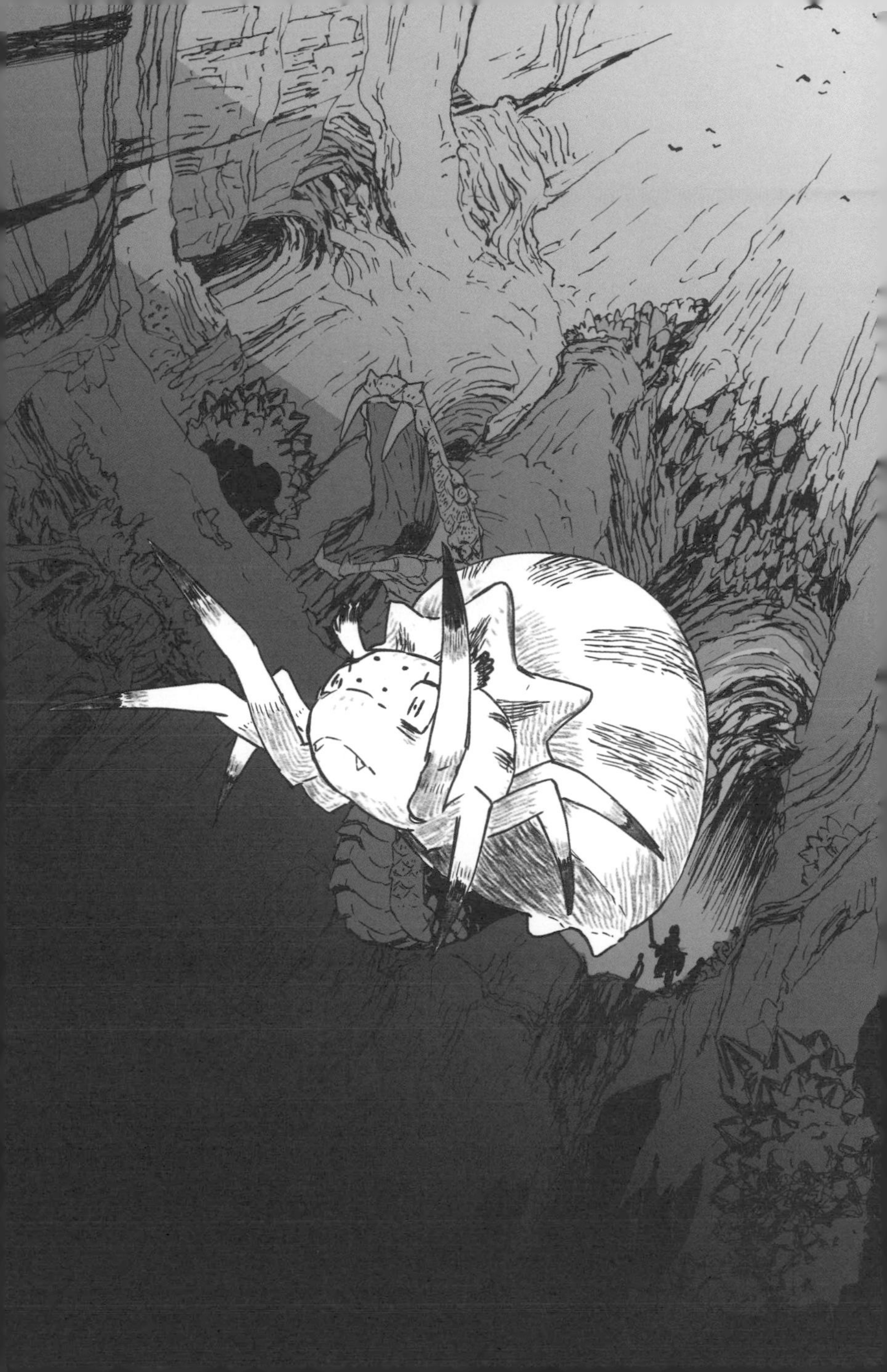

雖然成功停止墜落，我的身體卻因為反作用力狠狠撞上牆壁。

唉……我還以為死定了呢。

沒想到會被蛇追殺，還逃到斷崖絕壁表演高空彈跳。

難道這是我最近過太好就得意忘形的報應嗎？

好……我知道了。我會反省，我會乖乖反省，所以拜託幫忙處理一下從剛才開始就嗡嗡嗡個不停的危險聲音好嗎？

〈巨蜂怪　ＬＶ４　能力值鑑定失敗〉

〈巨蜂怪　ＬＶ３　能力值鑑定失敗〉

〈巨蜂怪　ＬＶ５　能力值鑑定失敗〉

〈巨蜂怪　ＬＶ４　能力值鑑定失敗〉

是蜜蜂。

那是我只見過一次的巨大蜜蜂型魔物。無數隻這種魔物在這個縱穴裡飛來飛去。

呃……大家好。

對不起！拜託放過我吧！求求你們不要看這邊！

如果想避開來襲的蜜蜂，就只能這麼做了！

嘿呀！

我再次縱身一躍！接著往下墜落，但現在的我跟剛才可不一樣喔！

我讓黏在牆壁上的絲保有彈性，像是高空彈跳般安全地往下墜落。

彈跳兩三次後，我趴在牆壁上把絲重新黏上。

然後再跳一次！

我反覆做著同樣的動作慢慢下降。

很好，到地面了！

不過，上空還有蜜蜂在晃來晃去。我鞭策疲累的身軀繼續奔跑。

不趕快離開這裡就糟了。

雖然我這麼想，但這個判斷還是晚了一步。

蜜蜂騎到我背上。然後，我感到背部一陣劇痛。

！！！？？？

好痛啊！我被螫了！

而且還有某種液體從被螫到的地方注入體內！是毒液！

既然被敵人騎到背上，那我就束手無策了。

不，還有一個辦法可以掙脫。

雖然MP所剩無幾，但現在可不是在意那種事的時候！

我用操絲術控制絲，纏住騎到我背上的蜜蜂，然後就這樣緊緊綁住牠的身體。

嘿呀！

我抓住絲，用過肩摔的要領把蜜蜂從背上摔下來！

雖然很想補個尾刀，但現在還是先逃跑要緊！

我躲到牆壁旁邊的岩石後方。

如果躲在這裡，牆壁和岩石應該就能擋住蜜蜂的巨大身軀，讓牠們無法入侵。

如我所料，追著我而來的幾隻蜜蜂在周圍繞了一陣子觀察情況後就放棄追擊，飛離這裡了。

我總算得救了。

不過我並非毫髮無傷。雖然無法親眼確認，但我的背上現在開了個大洞。

ＨＰ也只剩下6點。光是一擊就奪走了我30點的ＨＰ。

我並不驚訝。因為我早就知道自己的防禦力應該相當低。

我反倒想感謝受了這種重傷還能存活的蜘蛛生命力。

還好我的毒抗性夠高。

從被螫到的地方注入的神祕液體肯定是毒液。

雖然在那種狀況下，我無從得知毒性是否全被抵銷，也不清楚身上的傷害是毒液造成還是蜂針造成；但要是沒有毒抗性，我現在早就沒命了。

受到這種重傷，看來我暫時無法行動了。也不知道傷勢會不會自然治癒。

這麼一來，我當然會希望能像之前那樣，靠著等級提升完全恢復體力。

既然如此，為了賺取經驗值並確保食物，我想要回收剛才被我綁起來丟在一邊的蜜蜂。

話雖如此，走出這裡絕對不是個好主意。
還是用操絲術把絲綁到蜜蜂身上，然後一點一點慢慢拉回來比較好。
我突然有種不好的預感。
我從岩石後方偷偷看向外面。
我看到被絲纏住並且不斷掙扎的蜜蜂，以及緩緩接近牠的其他魔物。
〈艾爾羅蛇怪　LV5　能力值鑑定失敗〉
是蛇。難道那傢伙追著我過來了？
不，不對。雖然等級相同，但那八成是不同的個體。
這下糟了。
說不定在我眼中屬於頭目級魔物的蛇，在這附近為數不少。
要是在這種傷痕累累的狀態下被發現，我鐵定會沒命。
蛇緩緩爬向蜜蜂。
拜託，就這樣把蜜蜂帶走就好，別發現我啊。
不過，蛇沒有對蜜蜂做任何事。
正確來說，應該是做不到才對。
因為某種東西以驚人的速度撕裂蛇的身體。
啊？我眼花了嗎？

那條蛇居然像是紙片一樣，輕而易舉就被撕成碎片了。
而且那條蛇還擁有堅硬的鱗片保護。
速度跟我不相上下的蛇，甚至連反應都來不及。

〈地龍亞拉巴　ＬＶ31　能力值鑑定失敗〉

那傢伙就悠然站在那裡。
不同於龍這個名號，牠的外型比較像是狼。
挺立於大地之上的四肢。
長長的尾巴。
沒有翅膀。
那裡有一頭威風凜凜的龍。
大事不妙。身為蜘蛛的本能，身為人類的理性，以及發自靈魂的吶喊全都在警告著我。
那傢伙很危險，我絕對沒有勝算，那根本不是我可以論及勝敗的對手。
在那傢伙眼中，我只不過是食物罷了。
連獵物都算不上。光是進到牠眼中，就註定會被吃掉。
我們之間的差距就是如此巨大。

等級高低只不過是小問題罷了。

那是無論如何都不能招惹的對象。

地龍亞拉巴一塊接著一塊咀嚼著被四分五裂的蛇。

我拚命屏住氣息。

《熟練度達到一定程度。技能〈隱密LV1〉升級爲〈隱密LV2〉。》

吵死了啦！拜託安靜點！要是被那傢伙發現的話該怎麼辦啊！

地龍亞拉巴吃完蛇後，連看都不看蜜蜂一眼就走掉了。

得……得救了。

不曉得牠是直到最後都沒有發現我，還是早已發現但故意放過，總而言之我得救了。

雖然遇過好幾次的生命危險，現在也半死不活，但我搞不好還是第一次遇到如此可怕的危機。

光是回想都覺得可怕。

不行，我無論如何都必須盡快離開有那種怪物徘徊的這個地區。

我環視周圍。

這裡是我摔落的縱穴底部。縱穴的直徑大約是一百公尺。

深度應該超過這個數字吧，不過我也無從得知這個洞穴的高度。

因為一大群蜜蜂像是牆壁般完全覆蓋住上空。

幸好距離夠遠，讓鑑定無法發動。

要不然一次鑑定那麼多魔物，我搞不好會因為頭痛而昏死過去。

如果想回到原本的地區，就得朝向那群蜜蜂大軍前進。

而且還得攀岩而上。

不可能……

爬在牆壁上，根本沒辦法戰鬥。

在那種狀態下，我沒辦法迅速移動，就算想吐絲也吐不準。

那種場地完全封印了我的長處。

相對的，蜜蜂們可以在空中毫無阻礙地飛來飛去。

我毫無勝算。

話雖如此，在有那種怪物的地面上探索也是自殺行為。

縱穴底部連接著好幾條通道。

乾脆賭上一把，避開那傢伙離開的通道，往其他通道前進看看？

我辦不到。身負這種重傷，就算不是那種怪物，只要一遇到魔物就死定了。

糟糕。說不定我走投無路了。

然後我開始自問自答。

我到底做錯了什麼？

我該如何苟延殘喘？

我不能死在這種地方。

我不想死。

所以我要思考。

幕間　某位冒險者的撤退

「可惡！」

我們解決掉擋路的艾爾羅蛇怪和艾爾羅恐龍怪。

才剛發現我們要找的蜘蛛怪，就遇到意想不到的阻礙。

雖然我們趁著魔物互相爭鬥的機會，較為輕鬆地解決掉蛇怪，卻被最重要的蜘蛛怪逃掉了。

「再來該怎麼辦？」

「還能怎麼辦，不可能繼續追擊了。我們只能撤退。」

「也對。回去向冒險者公會報告吧。」

我點頭同意同伴的話。

從體型看來，那傢伙應該還只是幼體。

然而牠卻以非比尋常的速度成功甩掉我們。

那種速度絕對不正常。

那不是身為小嘍囉的蜘蛛怪會有的速度。

那傢伙明顯異於尋常蜘蛛怪，是特異個體。

還是幼體就有這種實力，天曉得進化為成體後會變得多強悍？

如果不在此之前解決掉，說不定就太遲了。

「我們撤退吧！動作快點！」

但我能做的事只有這樣。

就是盡快回去把這個情報告訴大家。

這樣一來，說不定會有更強大的冒險者——視情況而定也可能是整個國家採取行動。

最後，我們再次看向蜘蛛怪離去的方向，然後就離開這個地方了。

9 蜘蛛VS.蜜蜂

地龍離開後，我潛伏了好一段時間，同時繃緊神經警戒著周圍。

就算做到這種地步，我還是無法放心。雖然無法放心，卻也不能不採取行動。

我使用操絲術，將絲伸向被我綁起來扔在地上的蜜蜂。

嗚……背後好痛，可是要吐絲似乎不成問題。

我小心翼翼地把絲伸過去，好不容易才抓到蜜蜂。

雖然蜜蜂還在掙扎，但事到如今這已不是問題。

我得趁著其他魔物還沒被引過來之前，趕快回收這傢伙。

每拉一下，我的傷口就隱隱作痛。

雖然非常痛，但ＨＰ沒有繼續減少，所以我想應該沒事。

總算成功回收蜜蜂了。

我立刻用毒牙一咬，了結牠的生命。

如果考慮到我的毒牙對同樣有毒的其他魔物也能順利發揮效果，我想我的毒牙和毒抗性的技能等級應該比其他魔物高上許多吧？

算了，這種事現在不重要。

問題是之後該怎麼辦？

老實說，我覺得在這個地區探索是自殺行為。只要想到這裡說不定還有跟那隻地龍一樣的怪物，我就不覺得自己有辦法存活。

那傢伙太危險了。雖然我之前也闖過很多難關，但都無法與那傢伙相提並論。

不管怎麼說，我對戰鬥還是頗有自信。

雖然目前在迷宮裡徘徊的我都是採用偷襲戰法，但我原本擅長的戰法應該是築巢後的守城戰。從就連簡易版的家都能擊敗蛇這件事便能得知，只要我以打防衛戰為前提認真築巢，能夠成功突破的魔物並不多。

應該不會有那種魔物才對。

但那傢伙肯定有辦法突破，而且還輕而易舉。

那傢伙就是擁有如此強大的力量。

絲、毒牙、偷襲和速度……我的武器在那傢伙面前都只是雕蟲小技。

在壓倒性的力量面前，這些雕蟲小技完全無力抵擋。

我能輕易想像出那個畫面。

那是我轉生為蜘蛛後，第二隻讓我覺得無論如何奮戰都打不贏的魔物。

順帶一提，第一隻是疑似我老媽（或是老爸？）的超大型蜘蛛。

雖然毫無勝算是一大問題，但牠的速度比我更快才是致命傷。

就算巢穴被突破，我也能趁機逃跑。

雖然到時候我八成會非常不滿，但應該還是能撿回一條小命。

我的逃跑速度就是能辦到這件事。不過，那傢伙的速度凌駕在我的逃跑速度之上。

打也打不贏，逃也逃不掉。

真的是只要被盯上就完蛋了。

怎麼會有這種強到沒天理的傢伙啊？

要是早知道這裡有那種怪物，就算知道難度極高，我也寧願往蛇那邊衝過去。

而且這個地區還不見得只有那一隻怪物。

我好怕。

我從來不曾如此接近死亡。我很訝異自己居然還有恐懼這種感情

即使經歷過各種誇張的體驗，我都不曾感覺過緊張和恐懼，所以我還以為這些感情早就不知被我扔到哪裡去了。

遇到這種狀況後我才發現。

之前遇到的危險也不過只有那種程度，根本不至於讓人感到畏懼。

我並非失去那種感情，只是沒必要感到畏懼罷了。

哈哈……

我太晚明白這件事了。真希望在陷入這種走投無路的絕境前發現這件事。

後悔的時間結束。現在先想想該如何打開一條活路吧。

首先必須確保安全。

雖然無法對付地龍，但我要以這塊岩石為中心築巢。

我目前的狀態沒有好到可以四處移動。

事到如今，我也沒必要保留王牌了。我要在這裡建造第三個家。

然後，我想盡可能地把蜜蜂之類的弱小魔物引誘過來解決掉。

目標是提升等級後的完全恢復。

如果不治好身上的傷，我就沒辦法採取其他行動。

照我目前這樣的狀態，只要被小嘍囉魔物隨便戳個一下就會沒命。

還是不要期待傷勢自然治癒比較好。

早知道會這樣，我就先取得自動恢復ＨＰ的技能了。

就算後悔也無濟於事。現在只能放棄這個想法，重新整理好心情。

總之，現在先以療傷為目標，建立據點吧。

老實說，在這裡建立據點實在算不上是個好主意。

因為建立好的據點會很顯眼，要是被地龍等級的強力魔物發現就死定了。

不過，目前身受重傷的我沒有其他選擇。

當前還是先以提升等級為目標。

靠著等級提升治好傷勢後，再來思考該如何逃出這個危險的區域。

看是要突破蜜蜂軍團往上前進，還是要冒著危險往下探索；不管選擇哪條路似乎都會無比艱辛。

不過在陷入如此絕境的現在，說得極端一點，我只剩下活著和死亡這兩條路可走了。

不是幸運地活下去，就是倒楣地死掉。

天秤現在正大大地傾向死亡那一側。天秤會就這樣墜向死亡嗎？還是會反過來傾向另一側？

為了讓天秤傾向另一側，我就得採取行動。

幸好還有足以供我築巢的體力來源。

因為蜜蜂的體型夠大，就算只有一隻也有相當多的肉可吃，以食物而言相當有幫助。

我要把從這一隻蜜蜂身上得到的體力全用來築巢。

再來就看我的技術和運氣了。

第一天，我只完成最低限度的巢就去睡了。

因為背部傳來的疼痛，我實在很難說睡得很熟，但在睡覺時沒被襲擊這件事讓我鬆了口氣。

由於不光是外敵的襲擊，我還有可能因為傷重而死，所以當我平安睡醒時，真的是打從心底感到放心。

確認ＨＰ後，我發現數值跟睡前一樣都是６。

真不知道該因為沒有恢復而失望，還是該因為沒有繼續減少而放心。

第二天，我花了一整天把巢擴大。

因為背上的疼痛，築巢的過程比我預料中還要困難。

蜜蜂有好幾次來到附近，我因此每次都停下手邊工作保持警戒也是原因之一。

這次跟之前不一樣，必須一邊警戒著周圍一邊工作，也讓我耗費了許多精神。

我趁著工作空檔，一點一點吃掉昨天抓到的蜜蜂，注意不讓自己用盡體力。

在這種狀況下，只要有任何一項資源耗盡，天秤就有可能一口氣傾向死亡。

特別是我又非常依賴體力。不管是要吐絲，還是要做一般行動都需要體力。

就算不是這樣，我至少也得保留足以戰鬥一次的體力。

再說，我也不曉得以後還能不能得到食物。如果準備打持久戰，就必須慎重管理體力才行。

還有，雖然今天才發現，但我的疼痛抗性的等級一口氣提升了許多。

我明明記得疼痛抗性最後一次提升時還只有等級２，但是在我築巢到一半時，天之聲（暫定）卻說：

《熟練度達到一定程度。技能〈疼痛抗性ＬＶ６〉升級為〈疼痛抗性ＬＶ７〉。》

居然直接跳到等級７了。

雖然搞不清楚狀況，但我想等級八成是在我睡著時提升的吧。

畢竟我睡得那麼難受，如果疼痛抗性的熟練度提升條件是感到痛苦，那就算是在睡覺時也很有可能繼續賺取熟練度。

仔細回想，我好像有在半夢半醒之間聽到天之聲（暫定）。

然後我搞懂了一件事，我原本以為疼痛抗性是能夠緩和痛苦的技能，其實並非如此。

因為我明明都升到等級７了，疼痛的感覺卻一直沒有得到舒緩。我本來還覺得奇怪，但看來這個技能的效果似乎是「能夠忍受疼痛繼續行動」。

這效果實在有些奇妙。

因為我還是一樣會覺得痛，雖說能夠行動，但也還是有個限度。

剛得到技能時，我覺得疼痛似乎有得到舒緩，那好像真的只是我的錯覺。

在那之後，我花了一整天讓疼痛抗性提升到等級８了。

第三天。

抓到的蜜蜂已經被我吃完了。巢也擴大了不少，差不多該認真展開下一個階段的行動了——

那就是靠著狩獵提升等級。

問題在於該如何捕捉獵物。

雖然蜜蜂會來到附近，但牠們似乎都警戒著我，沒有發動攻擊。

如果牠們毫無準備就發動攻擊，那就正中我的下懷了，但事情並沒有這麼順利。
總之，我一邊等待機會，一邊觀察蜜蜂的動向。
我有試著挑釁來到附近的蜜蜂，但牠們沒有發動攻擊。
在觀察蜜蜂的過程中，我發現了幾件事情。
首先，那些傢伙好像基本上都是由五到六隻組成一個小隊。
而這些小隊會分頭展開行動。
隊裡都有一隻隊長。

〈上級巨蜂怪　ＬＶ１　能力值鑑定失敗〉

這名稱聽起來像是上級的巨蜂怪。
從名稱看來，那應該是上級種族，搞不好是進化後的個體也說不定。
等級也幾乎都只有1，所以這種可能性很高。
在一般種類的蜜蜂之中，偶爾也會出現等級8或等級9這種快要進化的個體，要是牠們成功進化，應該就會變成隊伍的隊長吧。
隊長蜂的顏色比普通蜂濃上一些。
雙方的差異就只有這樣，體型大小和外型都一樣。
雖然能力值鑑定沒有成功，以至於我無法確認，但我想上級種族的能力值應該會比普通蜜蜂來得高。

不過，就算這樣我也不認為牠們有辦法突破我的網子。

對方應該也是因為理解這一點，才沒有對我發動無謂的攻擊。

只要這麼想，就會覺得那種蜜蜂說不定相當聰明。

隊伍集結在一起後，牠們就會飛進縱穴底部的通道。

沒多久後，牠們就會把解決掉的獵物帶回來。

牠們似乎就是這樣組成小隊，然後有效率地進行狩獵。

看來牠們果然很聰明。

不過也有少數疑似脫隊的蜜蜂會擅自行動。

比起這件事，即使是在這裡，也有蜜蜂能獵到的魔物這點重要多了。

這表示這裡的魔物並不全是地龍那種怪物。

光是知道這件事，就讓我的心情輕鬆多了。

儘管如此，還是會有沒能回來的蜜蜂小隊，所以絕對不能掉以輕心。

沒能回來，就表示牠們被反過來解決掉了。

即使是在成功歸來的小隊之中，有些也會抱著同伴的屍體，所以這裡肯定是個危險區域。

我一直默默觀察蜜蜂的動向。

就在我差不多要準備睡覺時，天之聲（暫定）下達宣告了。

《熟練度達到一定程度。技能〈疼痛抗性ＬＶ９〉升級爲〈疼痛無效〉。》

《滿足條件。從技能〈疼痛無效〉衍生出技能〈痛覺減輕ＬＶ1〉。》

疼痛抗性又提升等級了。

而且好像還在不知不覺間從等級8升到等級9，八成又是在我睡著時升級的吧。

技能名稱中的等級也已經消失，直接變為無效。感覺就是封頂了。

這是繼夜視之後第二個封頂的技能。

因為我的夜視技能等級本來就很高，所以這還是我第一個靠自己練到等級10的技能。

雖然我還不確定這個傷受得值不值得就是了……

不過，衍生出來的新技能應該是真的能減緩疼痛的技能。

但疼痛抗性也不算是冒牌貨啦。

只有等級1好像沒什麼差別，我背上的疼痛依然在主張自己的存在感。

只要技能等級提升，這份痛楚可能也會減緩，我就期待技能等級在睡覺時提升吧。

事情就是這樣，我要睡了。

第四天。

因為體力開始慢慢減少，我覺得差不多該展開行動了。

目標是脫隊的蜜蜂。挑戰整個小隊的風險太高了。

我覺得自己不是沒有勝算。雖然這麼認為，還是慎重一些比較好。

如果一次挑戰複數敵人，就有可能發生意想不到的狀況。

就這點而言，脫隊蜂好對付多了。

由於脫隊蜂沒有隊長蜂的指揮，判斷能力較差。

根據我昨天不斷觀察的結果，有些個體還會飛進那種小隊絕對進不去的狹小通道。

我以前在巢裡捕捉到的個體，也是不小心誤闖奇怪通道，結果跑到我那邊去的脫隊蜂。

但我不認為那傢伙是從這裡飛到我以前築巢的地方，所以那附近肯定還有其他蜂群。

那些脫隊蜂看起來就沒那麼聰明了。

也許牠們就是因為這樣才沒被編進隊伍，只能當個獨行俠吧。

總之，只要挑釁那些脫隊蜂，牠們搞不好會主動衝過來。

話雖如此，我也不打算採用那種純粹靠運氣的戰法。

我拿出昨晚想到的新武器。

這是在前端加上固定成球狀的黏性絲的絲，名叫蜘蛛流星錘！

呼呼呼……我要用臂力加上操絲術的力量，把這東西砸向飛在空中的蜜蜂。

我想大概……不，應該十之八九不會中吧。

不過沒中也無所謂。

只要能讓對方把我視為敵人就行了。

之後對方就會主動衝過來……應該吧。

要是丟中就算賺到；要是能引誘敵人過來就算成功。

再來就是祈求脫隊蜂碰巧飛到巢的附近了。

依照我昨天的觀察，脫隊蜂還挺常跑來探望這個巢的狀況，應該能順利進行計畫。

《熟練度達到一定程度。技能〈痛覺減輕ＬＶ２〉升級爲〈痛覺減輕ＬＶ３〉。》

在等待的過程中，痛覺減輕的技能等級提升了。

咦？等級提升的速度好像比疼痛抗性慢上許多。

我還以為睡覺時應該會升到等級5左右，沒想到竟然沒提升多少。

不過，等級姑且還是有提升，所以讓我明白了一件事。

那就是痛覺減輕絕對是能緩和痛楚的技能。

拜此所賜，我背上的疼痛已經減輕許多。

背上的傷相當嚴重。

雖然我在第一天就用操絲術纏住傷口作為緊急處置，背上還是開了個大洞。

要是人類的話，這種重傷肯定會致命。

不曉得我之所以還能活著，是因為我是蜘蛛，還是因為我是魔物？

不管原因為何，這傷勢嚴重到讓人覺得我還活著是件不可思議的事。

當我為了把被注入的毒液挖出來，用操絲術清理傷口時，我還以為自己會痛到死掉。

我必須盡快提升等級，治好這個傷。

要是就這樣放著不管，傷勢很快就會惡化。

化膿、壞死、細菌感染。

我得在這些症狀出現之前，設法搞定這件事。

然後，機會總算到來了。

有一隻脫隊蜂正飛向這裡。

周圍沒有其他蜜蜂。如果有其他蜜蜂在場，牠們很可能會趕來拯救陷入危機的同伴。

不需要擔心這種事的現在，正是絕佳的機會。

我開始甩動蜘蛛流星錘。

集中精神。

仔細瞄準，就是那裡！

《熟練度達到一定程度。取得技能〈集中ＬＶ１〉。》

啊，丟中了。我才剛這麼想，就在同一時間取得某種技能。

喔喔。

我沒想到會丟中耶。我奮力擲出的蜘蛛流星錘，漂亮地命中蜜蜂的身體。

我迅速用操絲術把絲纏在蜜蜂身上。

然後就這樣把不斷掙扎的蜜蜂拖進巢裡，賞牠一發毒牙攻擊。

嗯。

以第一步來說，這結果已經算是順利到不能再順利了。看來我有個好的開始。

不不不……

絕對不能得意忘形。我就是因為這樣吃了許多苦頭，還是謙虛一點吧。

為了慶祝我成功踏出第一步，先來享用久違的大餐。

我要開動了。

總之，我成功確保食物了。考慮到蜜蜂的身體大小，就算沒抓到其他獵物，我這幾天應該也不用挨餓。這樣就不需要擔心體力的問題。

這麼一來，我能採取的行動就變多了。

而我選擇的行動，便是把巢繼續擴大，往上擴大。

我不想探索這個底層區域。這不是辦不辦得到的問題。

我只是排斥。地龍好可怕，我不想去。

因為這個緣故，我比較想要設法往上爬，回到我摔下來之前的那個通道。

為此，我必須想辦法避開那些蜜蜂。

如果只是單純爬上牆壁，我會變成蜜蜂的大餐，所以得想個對策才行。

然後我想到的對策，就是繼續把巢往上擴大。

與其說是對策，倒不如說是蠻幹。

嗯。連我都覺得這招有夠亂來。不過如果要回到上面，我也只能想到這個辦法。

當然，這個辦法也有許多缺點。

首先是築巢必須消耗體力。

而且這次跟平常不一樣，我得沿著牆壁往上築巢。

因為做法不同，我不清楚必須額外耗費多少體力。

這個計畫應該會需要做出相當大規模的巢，光是我手邊的蜜蜂屍體，絕對無法提供足夠的體力。

我必須設法找到補給。

而且就算不為了取得補給，也很可能得跟蜜蜂交戰。

雖然牠們現在沒對我動手，但只要繼續把巢往上擴大，遲早會入侵到蜜蜂的領空。

這算是侵犯領空了吧。天曉得那些傢伙會不會對此視而不見。

在最糟糕的情況下，「在上空飛舞的幾百，甚至幾千隻的蜜蜂軍團同時來襲」這種惡夢般的狀況也很有可能發生。

要是對上那種數量的大軍，就算是我的巢也無法完全抵擋。

我該警戒的對象也不是只有蜜蜂。

目前還沒有蜜蜂之外的魔物來到這個縱穴的底部。

除了一開始的蛇跟地龍之外。

不過，萬一那隻地龍突然出現了……
雖然我上次躲在岩石後面逃過一劫，但如果把巢繼續擴大，無論如何都會變得顯眼。
萬一引起牠的興趣，我就死定了。
即使是現在，我也因為不知道地龍會不會出現而提心吊膽。
因為這個緣故，雖然只要成功就能讓我逃離這個超危險地區，但這個作戰的風險也同樣巨大。
不過我沒有其他選擇了。
雖然或許會有，但是我想不到。
既然這樣，那就下定決心開始築巢吧。
首先要打地基。如果要蓋房子，就得先打好穩固的地基才行。就算說房子的完成度取決於地基的完成度也不為過。
最適合作為地基的岩石就在這裡！
就是我剛來時，逃到後面躲藏的岩石。
這塊岩石就座落在牆壁旁邊，高度大約有七公尺，寬度也大約有五公尺，可說是相當巨大。
我要用這塊岩石作為地基，擴大這個巢。
目前完成的巢就位於這塊岩石和牆壁之間，而且還稍微超出兩側一些。
我先用絲堵住岩石另一側和牆壁之間的空隙。

然後從岩石的頂點往斜上方把絲射到牆上。

接著以那條絲為中心，把岩石和牆壁連接在一起。

這樣就完成地基了。

再來只要把巢一點一點往上方擴大就行了。

我一邊吃掉蜜蜂恢復體力，一邊進行擴建工作。

雖然蜜蜂小隊在途中來這邊探望好幾次，但果然還是沒有發動攻擊。

看來這種程度還在牠們能夠容許的範圍。

我在吃完蜜蜂時停止這一天的工作，乖乖跑去睡覺。

第五天。

總覺得疼痛減輕不少了，但HP依然只有6點。

從HP沒有恢復這點看來，痛覺減輕的技能等級在我睡著時應該又提升了吧。

疼痛減輕真是件好事。

雖然之前多虧有疼痛無效這個技能的幫助，讓我能夠行動自如，但會不會感到疼痛，在心情上還是有著極大的差別。

雖然疼痛並非完全消失，傷勢也並非已經治癒，還是輕鬆多了。

畢竟在我還是人類時，從來不曾受過這種重傷。

我以前經歷過最痛的體驗，好像是腳的小指頭踢到門的邊角吧。那真是有夠痛。

不過，比起背上開了個大洞的重傷，那種程度根本不算什麼。

拜心情輕鬆許多所賜，工作進展相當順利。

在此途中，有一隻脫隊蜂飛到附近。

不過，蜜蜂小隊距離這裡也不遠。嗯……

我就當作是做個實驗，稍微騷擾一下那隻脫隊蜂吧。

我要騷擾一下脫隊蜂，看看蜜蜂小隊會不會有反應。

要是蜜蜂小隊有反應，我就馬上退回巢的深處。

要是牠們沒有反應，我就直接上了。

我揮舞蜘蛛流星錘。

仔細瞄準……就是現在！

啊，丟中了。

咦……？咦？我好像有點猛喔。

雖然我覺得不可能丟中，但居然連續兩次都正中目標。

我記得以前在體能測驗中丟壘球時，我還創下了全年級最差的紀錄耶。

糟糕，剛才太過震驚，害我忘記觀察蜜蜂小隊的動向了。

蜜蜂小隊……找到了。嗯。毫無反應。看來就算我襲擊脫隊蜂，牠們也不會發動反擊。

無情……好像也不能這麼說。

或許是如果不這麼苛刻，就沒辦法在野外求生。

算了，不管怎樣，牠們不反擊對我來說再好不過。這樣我就能放心狩獵脫隊蜂了。

我開開心心地回收抓到的蜜蜂，用毒牙了結牠的生命。

當我不知道獵殺到第幾隻脫隊蜂時，我總算聽到那個聲音。

《經驗值達到一定程度。個體——小型蜘蛛怪從LV2升級爲LV3。》

《各項基礎能力值上升。》

《取得技能熟練度等級提升加成。》

《熟練度達到一定程度。技能〈強力LV1〉升級爲〈強力LV2〉。》

《熟練度達到一定程度。技能〈堅固LV1〉升級爲〈堅固LV2〉。》

《熟練度達到一定程度。技能〈過食LV1〉升級爲〈過食LV2〉。》

《取得技能點數。》

我苦苦期盼的等級提升的瞬間終於到來。

皮從我身上一口氣剝落。

我能感到背上的大洞正以某種難以言喻的感覺逐漸填滿。

《熟練度達到一定程度。取得技能〈HP自動恢復LV1〉。》

咦?真的假的?

喔喔,這真是讓人意想不到。

不過,等級提升後的完全恢復也算是自動恢復嗎?

雖然心裡雀躍無比,但真希望能更早拿到這個技能……

這樣我就不需要這麼辛苦了。

不,這種想法實在太過奢求。

現在應該老實地為等級提升和後顧之憂消失而高興才對。

我剛才的情況其實相當危險,因為HP終於開始減少了。

當原本有6點的HP減少到5點時,我都快要被嚇死了。

在那之後,HP一直慢慢減少,在等級提升之前還減少到只剩下3點。

真的是千鈞一髮。

我壓抑心裡的焦躁,專心狩獵脫隊蜂的努力沒有白費。

狩獵脫隊蜂的過程相當順利。

跟我當初的預期不一樣,我投擲蜘蛛流星錘的遠距離攻擊百發百中。

我真的被嚇到了。難道這也是換成蜘蛛身體的結果嗎?

而且不曉得是不是因為這樣,我還分別得到了等級1的技能〈投擲〉與〈命中〉。我猜這兩者都是能夠提升特定能力的技能。

另外，這次的等級提升讓三個技能升級了。

雖然每個技能的效果我都不知道，但既然等級有提升，就表示我在不知不覺間賺到了熟練度，所以我很可能在無意識中受到了這些技能的恩惠。

這些技能的等級提升並沒有壞處，應該算是好事。不過，就只有過食這個技能讓我有些不放心……

在築巢或狩獵脫隊蜂時經常用到的蜘蛛絲和操絲術也提升等級了。

分別是蜘蛛絲等級8，操絲術等級5。

操絲術比我想的還要有用。

升到等級5之後，操縱絲的速度和精密度也提升了不少。

取得這個技能果然是正確的選擇。

痛覺減輕也提升到等級5了。拜此所賜，我在途中就感到輕鬆許多。

這個技能的好處，不光是讓人不會感到疼痛，還能讓人不用感到疼痛也能清楚知道自己處於危險狀態之中。

疼痛是一種告知危險的訊號，具有其存在意義。

要是失去痛覺，就等同於無法察覺到危險，但這個技能雖然會讓人感覺不到疼痛，也還是會讓人清楚知道傷勢的嚴重程度和危險度。

雖然很難用言語形容那種感覺，但傷口會傳來一種類似焦躁感，總之就是不同於疼痛的感覺，讓人明白傷勢的狀況。

拜此所賜，感覺不到疼痛的缺點也消失了。

不過，畢竟只有等級5，疼痛並非完全消失就是了。

好啦，難得提升一次等級，就來看看能力值提升多少吧。

〈小型蜘蛛怪　LV3　姓名　無

能力值

HP：38／38（綠）　MP：38／38（藍）

SP：38／38（黃）　：38／38（紅）

平均攻擊能力：21　平均防禦能力：21

平均魔法能力：19　平均抵抗能力：19

平均速度能力：369〉

喔喔。

HP、MP和SP分別提升2點，攻擊力和防禦力也都提升2點，魔法力和抵抗力則是各提升1點啊。

可是速度……你到底是怎麼回事？我記得之前應該是348點，怎麼一口氣提升了21點啊？

這不太合理了吧？

比起其他能力值細微的成長幅度，這差距會不會太大了點？

提升一級的成長幅度就等於攻擊力和防禦力的數值是怎麼回事？

至於魔法力和抵抗力的數值，則是只提升一級就被超過了耶……沒道理吧？

算了，別管這能力值極端偏差的情況了，畢竟也沒辦法改變什麼。

反正提升等級完全恢復的願望已經實現，這樣我就能全力挑戰逃離這裡的目標。

因為身上帶著傷，無論如何都會延誤工作進度，而且也不得不謹慎行事。

從今以後就偶爾狩獵幾隻脫隊蜂，確保體力的同時，慢慢把巢擴大吧。

現在，我的巢已經延伸到離目標地點還有四分之三距離的位置。路途還很遙遠。

雖然蜜蜂們還沒出現積極對我展開攻擊的跡象，但也不曉得這情況能保持到何時。

想到這一點，就讓我覺得必須一邊維持足以抵抗蜜蜂襲擊的強度，一邊築巢。

雖然不得不這麼做，但這其實相當困難。

不斷往上延伸築巢果然不同於在地上築巢，難度無論如何都會隨著往上擴建而提高。

因為我必須從作為地基的岩石上拉出擔任支柱的粗絲，還得繼續用絲纏住那些支柱，加以固定。

光是四分之一就這麼費工夫了，如果要繼續往上前進，作業的難度也會繼續攀升。

儘管如此，我還是非做不可。

天曉得地龍什麼時候會突然出現。

在此之前，我無論如何都要逃出這裡。

在最糟糕的情況下，我或許必須在途中放棄這個巢，靠著速度強行闖關。

雖然成功的機會不大，但要是遇到不放手一搏就會死的情況，我也別無選擇。

為了避免這種情況，現在還是努力築巢吧。

這一刻終於來了。

〈巨蜂怪　ＬＶ6　能力值鑑定失敗〉

〈巨蜂怪　ＬＶ4　能力值鑑定失敗〉

〈巨蜂怪　ＬＶ5　能力值鑑定失敗〉

〈巨蜂怪　ＬＶ5　能力值鑑定失敗〉

〈上級巨蜂怪　ＬＶ1　能力值鑑定失敗〉

在我眼前的上空，有一隻蜜蜂小隊正在飛舞。

牠們身上散發出的氣息，明顯異於平時那種觀望的態度，而是確實把我視為敵人，準備和我一戰。

巢的高度已經來到離目標地點還有一半距離的位置。

自從我來到這裡後，蜜蜂們的態度就開始慢慢改變，看來對方總算無法對我視而不見了。

話雖如此，也只來了一個小隊。

不曉得是牠們看不起我，還是這些傢伙只是前來偵查的先遣隊。

總之，別以為區區一支小隊就有辦法勝過築巢的我。

我舉起蜘蛛流星錘。

雖然我把巢做成網狀，但還是留有足以從裡面擲出蜘蛛流星錘的空隙。

即使有著這樣的空隙，也不是身長約有兩公尺半的蜜蜂足以入侵的大小。

雖然對方無法突破網子，但我可以在網子裡隨意發動攻擊。

不過，因為對方也能隨時飛走，所以這點算是扯平了。

兩隻等級5的蜜蜂撞了過來。

哼。就算兩隻同時撞過來，我的巢還是一點都不為所動。

蜘蛛絲的技能等級是8。我的絲在低等級時就已經擁有驚人的韌性，等級提升之後當然也變得更為強韌。

不出所料，兩隻蜜蜂撞到巢的表面後，就被聞風不動的絲纏住身體了。儘管牠們用巨大的身軀和不算慢的速度撞過來，我的巢也完全沒有受到損傷。一如字面所述，我的巢連一絲振動都沒有。

鋪設在我巢裡的絲同時擁有非比尋常的韌性，以及跟橡膠一樣能夠吸收衝擊力的彈性。一旦受到某種程度的衝擊，絲就會自動伸縮，減輕衝擊力。

而蜜蜂的衝撞連讓絲伸縮都辦不到。也就是說，牠們的攻擊力就只有這種程度。根本不需要減輕衝擊力，光靠韌性就足以擋下。

這並不代表蜜蜂的衝撞威力不強。

經過觀察後，我明白了一件事，那就是這種蜜蜂還挺強的。強到在蜜蜂們帶回來的魔物之中，甚至連那種蛇都有的地步。

從空中單方面展開的攻擊、毒針攻擊，以及利用體格優勢的攻擊。

不管是哪一種攻擊都具有相當大的威脅性。

因為身處空中，敵人的攻擊通常都打不到，讓牠們能夠單方面發動先制攻擊。

不過正是因為這樣，牠們也不擅長應付對空攻擊。

我的蜘蛛流星錘之所以百發百中，應該也是因為牠們對這種攻擊較為缺乏警覺心。

諸如這些理由，蜜蜂在尋常戰鬥的情況下會是個相當強悍的敵人。沒錯，在尋常戰鬥的情況下……

但我的王牌——我家並不尋常。

不尋常的防禦力，不尋常的拘束力，不尋常的守城戰力。

蜜蜂肯定沒見過這種戰術吧。

因為我是用人類的頭腦，運用蜘蛛這種生物擁有的最強王牌。

我把撞過來後就被困在巢裡的兩隻蜜蜂丟在一旁。

然後朝向還搞不清楚狀況的剩下三隻蜜蜂擲出蜘蛛流星錘。

隊長蜂沒能避開蜘蛛流星錘，被直接打個正著。

擒賊當然要先擒王吧。

被流星錘打個正著後，隊長蜂就順勢被離心力和地心引力拖向巢的下方了。

這樣就解決掉隊長了。

因為隊長被幹掉，剩下兩隻蜜蜂不知道該如何是好，愣在原地動也不動。

剛好拿來當靶子。

我先用蜘蛛流星錘解決掉等級比較高的那隻。

雖然最後剩下的那隻蜜蜂終於在這時回過神來，但牠後續採取的行動太過無謀了。

不曉得牠是不是想要嘗試一舉逆轉，居然直接朝我撞了過來。

難道前兩隻的下場還沒讓牠學乖嗎？

那種自暴自棄的攻擊不可能奏效，最後一隻蜜蜂也毫無意義地猛力撞上網子，然後就動也不動了。

真是輕鬆。

就連我剛摔下來時怕得要死的蜜蜂，也拿築巢的我完全沒轍。

考慮到牠們的衝撞完全無法撼動網子這點，就讓我覺得不管再來多少隻蜜蜂，應該都無法攻擊到我。

這證明網子的防禦力就是如此之高。

相較於蜜蜂的攻擊力，網子的防禦力太高了。

我原本還以為要是受到蜜蜂的攻擊，就算網子不會被突破，也會受到必須修補的損傷。

上空還有不下百隻的蜜蜂在飛舞。

雖然起初我對那種數量的暴力感到畏懼，但在知道牠們不管怎麼做都無法突破網子後，事情就不一樣了。

不管有上百隻還是上千隻，只要沒辦法突破網子，牠們的針就不可能刺中我。

成功逃離這裡的機率總算變大了。

我懷著愉悅的心情展開行動，前去解決掉抓到的蜜蜂。

輕易擊退第一支小隊後，蜜蜂就開始接連不斷地發動攻擊。

雖然第二支小隊也被我毫無困難地全滅，但在這之後問題就來了。

蜜蜂開始同時派出數支小隊發動攻擊。

沒人這樣的吧。

不，對於蜜蜂而言，這是個正確的選擇。

但對於被襲擊的一方而言，還是很不希望一次來這麼多敵人啦。

就算巢裡再怎麼安全，那畫面還是很有壓迫感。

這種不管是睡著還是清醒都有巨型蜜蜂在周圍飛來飛去的狀況是怎麼回事？

我一邊嘆氣並環視周圍，放眼望去全是蜜蜂。

你們這些傢伙到底想怎樣？

這麼多隻蜜蜂聚集在一起，嗡嗡嗡的振翅聲可不是普通地吵耶。

真是吵死人了。吵到我都睡不著覺。

而且，就算能把那麼多隻蜜蜂全部解決掉，我也吃不完啊。

雖然多虧有「過食」這個技能，我的食量好像變得比之前更大，但也是有限度的吧。

畢竟每一隻蜜蜂的體積都不小，還每次都五隻一起送上門來。

拜此所賜，「過食」的技能等級都提升到3了耶。

最讓我困擾的一點，就是為了應付那些蜜蜂，害我擴建巢的進度受到延誤。

我最重要的目的是逃離這裡，不是跟那些蜜蜂戰鬥。

然而，蜜蜂毫不間斷的襲擊卻害得我無法工作。

如果對方不發動攻擊，早已確保足夠食物的我其實可以放著牠們不管。

不過，對方也不可能明白這種事吧。

看來只能在蜜蜂來襲的過程中找機會慢慢把巢擴大了。

既然對方已經警戒我到這種地步，那離開這個巢就跟自殺沒有兩樣。

看來之前想到，靠著速度強行闖關的方法已經不可能執行了。

因為即使我的速度高達369，也無法在垂直的牆壁上完全發揮出來。我可以想像到自己在爬牆的過程中被蜜蜂抓住刺死的光景。

啊……可惡。

我不想在這裡消耗太多時間耶。

因為不知道那隻地龍什麼時候會突然出現。

地龍突然出現……？

我突然感到一陣強烈的惡寒。

這是什麼……？

糟糕糟糕糟糕糟糕糟糕糟糕糟糕糟糕糟糕糟糕糟糕糟糕糟糕糟糕——！！！

我不想看。

雖然不想看，但又不得不看。

〈地龍亞拉巴　LV31　能力值鑑定失敗〉

可怕的傢伙來了。

而且牠的雙眼確實注視著我的巢。

該……該怎麼辦？

不，我什麼都辦不到。

我什麼都不可能辦到。

面對那種對手，沒有我能辦到的事。

我能辦到的事，頂多是祈求牠好心放過我。

但就連這樣的願望都空虛地被粉碎了。

地龍張開嘴。

說到龍最強的武器，那當然就是吐息攻擊了。

一陣轟鳴聲響起。

捲起強烈氣浪。

破壞的漩渦席捲一切。

我不是很清楚發生了什麼事。

雖然不清楚，但只有一件事我很明白。

那就是，我的巢跟作為地基的大岩石一起消失了。

不光是大岩石，就連岩石後方的牆壁都被削去一大塊。

甚至連遠離爆炸地點的牆壁上也出現了巨大的裂縫。

隨著裂縫的延伸，岩石也從牆壁上不斷剝落。

一如字面所示的崩壞。

光是一擊就把我的巢轟掉大半。

剩下的上半部也被捲入牆壁的崩落中，逐漸毀壞。

我就位於巢的上半部。

八成沒被龍的吐息攻擊直接擊中。

我隨著周圍的網子一起往下墜落。

無能為力地直接摔在地面上。

好痛。

HP幾乎見底。

不過我還活著。

雖然還活著，但接下來會怎麼樣就不知道了。

全都取決於地龍的心情。

我的身體被網子覆蓋住。

說不定這反而是好事。

我的身體被一大堆絲蓋住，從外面看不到。

我也沒被落下的岩石直接砸中。

如果就這樣躲在這裡，說不定地龍會放我一馬。

我懷著淡淡的期待，屏住氣息。

勉強壓抑住因恐懼而顫抖的身軀。

《熟練度達到一定程度。取得技能〈恐懼抗性ＬＶ１〉。》

顫抖稍微減緩了些。

但我還是害怕。

身體不受控制地顫抖。

我好怕我好怕我好怕我好怕我好怕我好怕我好怕我好怕我好怕我好怕我好怕我好怕我好怕我好怕！

《熟練度達到一定程度。技能〈隱密ＬＶ２〉升級爲〈隱密ＬＶ３〉。》

《熟練度達到一定程度。技能〈恐懼抗性ＬＶ１〉升級爲〈恐懼抗性ＬＶ２〉。》

《熟練度達到一定程度。技能〈隱密ＬＶ３〉升級爲〈隱密ＬＶ４〉。》

《熟練度達到一定程度。技能〈恐懼抗性ＬＶ２〉升級爲〈恐懼抗性ＬＶ３〉。》

《熟練度達到一定程度。技能〈ＨＰ自動恢復ＬＶ１〉升級爲〈ＨＰ自動恢復ＬＶ２〉。》

《熟練度達到一定程度。技能〈恐懼抗性ＬＶ３〉升級爲〈恐懼抗性ＬＶ４〉。》

《熟練度達到一定程度。技能〈隱密ＬＶ４〉升級爲〈隱密ＬＶ５〉。》

《熟練度達到一定程度。技能〈恐懼抗性ＬＶ４〉升級爲〈恐懼抗性ＬＶ５〉。》

不曉得這樣子過了多久，我的精神總算被天之聲（暫定）拉回正軌。

也或許是多虧了在我發抖的期間，一口氣提升的恐懼抗性吧。

我不知道自己躲了多久。

從技能等級提升的速度來推算，我知道自己躲了相當久。

雖然我本想從體力的減少程度來推算時間，但不知為何，體力沒有減少。

我用操絲術移開纏住身體的絲。

從絲堆裡緩緩爬出來。

地龍已經不在這裡了。

我……得救了。

S6　鍛鍊

我和卡迪雅一起度過悠閒的時間。

為了提升技能等級，我們兩人剛才還一起在城裡的運動場活動身體。

啊，不對，正確來說還要加上菲，應該是兩人和一隻才對。

現在已經結束鍛鍊，在能賞花的庭院裡休息。

「啊……累死了。畢竟雖然跟魔力有關的能力值提升不少，但我們的體能還是不怎麼樣。」

蘇今天難得不在，所以卡迪雅直接用日語說話。

「是啊。不過我們的運動能力還是比前世好多了，鍛鍊多少就能成長多少真是不錯。」

「嗯，我能理解。我以前一直不明白學校的馬拉松大會的存在意義，但在這邊的世界，只要奔跑就能不斷提升耐力。」

技能也是一樣，在這個世界是做越多鍛鍊就能提升越多能力值。

在無法提升等級的現在，如果想要提升能力值，就只能慢慢鍛鍊了。

不過，只要慢慢鍛鍊就確實會變強。

鍛鍊過程雖然很辛苦，然而想到付出的一切都會變成收穫，就會讓人提起幹勁。

『即使妳身體變成女孩子，內心也還是男生嘛。我可不想那樣努力鍛鍊自己。』

「妳不是也在鍛鍊自己嗎？」

『那是因為我有這麼做的必要啊。』

「什麼意思？」

『這個嘛……我想那八成是我還在蛋裡，而且還沒什麼成長時發生的事，我那時差點就死掉了。』

「咦？這我還是第一次聽說……」

『當然啊，因為我沒說過嘛。』

「那是怎麼回事？」

『你們應該知道我是從名叫艾爾羅大迷宮的地方被帶回來的吧？當時我的處境好像相當危險。據說我被帶到蜘蛛型魔物的巢裡，還差點被吃掉了。』

「真的假的！」

『真的。幸好那種蜘蛛型魔物的力量好像不大，沒辦法把殼打破，只能把我扔在一旁。』

「嗚哇……真是千鈞一髮……」

「要是一個弄不好，搞不好還沒出生就死掉了。」

『沒錯。因為這個世界跟日本不一樣，很容易突然掛掉，所以不變強不行，而且我非得進化不可。』

進化——那是魔物在滿足等級之類的條件時會發生的事。

一旦成功進化，能力值就會提升，外觀也經常會跟著改變。

『安娜小姐說過了吧？以我現在的模樣，如果不進化，壽命就只有十年左右。』

菲目前所屬的種族是一種名叫艾爾羅幼竜的魔物，壽命很短暫。

如果要延長壽命就必須進化。

然後，要進化就必須擊敗其他魔物，提升等級。

如果要擊敗魔物，就必須得到足夠的力量。

菲跟我們不一樣，有著不得不變強的明確理由。

所以才會像這樣主動參加我們的鍛鍊。

「對了，結果如何？」

「爆發、持久、強力、堅固、疾走都提升到等級8了。」

我用手中的鑑定石確認自己的能力值。

這顆鑑定石是卡迪雅出生的公爵家保有的等級9鑑定石。

雖然這在某些國家是可能被指定為國寶的貴重物品，但卡迪雅總是隨便從公爵家拿出來用。

這公爵家沒問題吧？雖然不是沒有這種疑惑，但反正這樣比較方便，所以我就心懷感激地拿來用了。

「你的技能等級果然升得很快。是才能的差距嗎……」

卡迪雅不甘心地喃喃自語。

事實上，明明大家都做一樣的事，但我和卡迪雅的技能等級提升速度並不一樣。

雖然在這個世界裡只要肯努力，任何人都能變強，但速度還是不同。

這就是才能的差距。

「我也被稱作是公爵家有史以來的天才耶。就連我都比你差上一截，會不會太誇張了？你這可惡的外掛小子……！」

『也把那種才能分我一點吧。』

卡迪雅和菲充滿怨恨的眼神讓我別開視線。

就算跟我抱怨也沒用啊。

雖然卡迪雅和菲都有順利地提升技能等級，但速度就是比不上我。

菲不知為何還擁有火抗性和石化抗性這兩個技能，反倒是我才要羨慕她呢。

但要是我這麼說，肯定會惹她生氣，所以還是別說了吧。

「對了，你用過技能點數了嗎？」

「沒有，總覺得找不到機會就沒用了。我連動都沒動過。」

『啊，我有點理解這種想法。總覺得會想要保留這些點數，等到緊急情況時再使用。』

所謂的技能點數，就是消耗後能取得新技能，或是換取熟練度的點數。

一般來說，生物剛出生時不會擁有這種技能點數，但也許是轉生者特有的優惠，我、卡迪雅和菲打從出生就都擁有了。

「100000點的儲蓄啊……你這可惡的外掛土豪小子……！」

「居然還升級了！」

但我真的是不知為何，一直找不到機會使用。

起初，我曾經想要取得魔法技能，可是安娜叫我不要使用魔法，我才打消這個念頭。

安娜應該也沒想到我會有技能點數，如果利用這點瞞著她取得魔法技能，我又覺得好像背叛她，才一直沒辦法這麼做。

從那之後，我就不知為何不想使用技能點數了。

「那卡迪雅和菲有用過嗎？」

『我只用了100點取得念話技能。』

「卡迪雅呢？」

「……我只用了1000點。」

我記得卡迪雅好像擁有五萬點。

我還以為她會提起這個話題，肯定是用了不少點數，沒想到她幾乎沒用。

「妳取得了什麼技能？」

「……我不想說。」

「啊？別這樣，快說啦。」

「……你能保證絕對不會笑我？」

「我不會笑啦，快說吧。」

『放心吧，我已經作好爆笑的準備了。』

「這根本算不上是保證吧！唉……算了。是鑑定啦。」

雖然沒有笑，但我應該露出了非常疑惑的表情。

我忍不住和菲四目相對。

因為說到鑑定，就是有如不該取得的技能的代名詞一樣的東西。

這反而讓我在意起她取得這個技能的原因。

「妳幹嘛取得那個技能？」

「因為轉生到異世界就取得鑑定技能是小說的老哏啊。你想想嘛，在異世界不是很難收集情報嗎？所以轉生小說都會讓主角用鑑定開無雙，而我也想效法這種情節……」

「不對吧，鑑定不是排名第一的爛技能嗎？妳明知道那種事，怎麼還會想要取得鑑定？」

「聽我說完嘛！我是在還不知道那種事的嬰兒時期取得鑑定！那時候我才剛轉生，連東西南北都分不清楚耶，當然會非常想得到情報嘛。然後我才剛想起鑑定的事，就正好聽到神宣了。就算二話不說取得技能，也是人之常情啊！」

聽完這些話，我大致理解她為何那麼做了。

確實沒錯，我記得自己還是嬰兒時，也是什麼事情都不知道，心裡滿是不安。

就連旁人的對話，也因為聽不懂這裡的語言而更加感到慌張。

如果在這種時候聽到用日語下達的神宣，自然會像是抓到救命稻草一樣。我能體會那種心情。

「結果呢？鑑定真的很爛嗎？」

「嗯。爛斃了。等級低的時候完全沒用，每次使用都會頭痛，而且如果不隔一段時間，就沒辦法從鑑定過的東西上再次賺到熟練度，所以等級有夠難練。儘管我花了不少時間在空閒時賺取熟練度，現在依然只有等級４。誰練得下去啊。」

光用聽的就讓人覺得厭煩。

我拿著鑑定石再次鑑定技能點數的欄位。

結果同時顯示出能夠取得的技能列表，以及需要消耗的點數。

我在其中找尋鑑定……找到了。

「啊，我只需要一百點就能取得鑑定耶。」

「咦？真的假的？」

說到一百點，就是能夠取得技能的最低點數。

而能夠用１００點取得的技能不是效果很差，就是非常適合那個人。

從卡迪雅花了１０００點這件事就能知道，鑑定很難說是效果很差的技能。

低等級時確實沒什麼效果，但等級練高之後就會變成相當有用的技能。

這麼一來，就表示我非常適合鑑定這個技能。

在猶豫了一段時間後，我決定取得鑑定。

持有的點數減少到９９９００點。

「我取得鑑定了。」

「咦？真的假的？」

卡迪雅說出跟剛才一模一樣的話。

「就算後悔也不關我的事喔。」

「嗯，後悔就等到時候再說吧。反正我還有很多點數。」

『做事缺乏計畫的男人會被討厭喔。』

總之，剩下的點數就保留起來，以備不時之需吧。

10 攻略下層

我活下來了。

我為這件事感到歡喜。我還活著，這是多麼美好的事情啊。

在這麼想的同時，一股絕望也在慢慢侵蝕我的心。

接下來該怎麼辦？

我的巢被破壞了，而且被破壞得體無完膚。

我瞥了遭到吐息攻擊的地方一眼。

那裡的牆壁上多了一個巨大的隕石坑。

哈哈……

太奇怪了吧。

隕石坑怎麼會出現在牆壁上？

隕石坑不是隕石墜落在地面後出現的東西嗎？

為什麼垂直的牆壁上會出現那種東西？

而且那一擊，還是在貫穿巨岩之後才製造出這個隕石坑吧？

太奇怪了吧。

儘管我毫無防備地站在原地發呆，蜜蜂也沒有發動攻擊。說不定那些傢伙也在畏懼地龍。我想也是，畢竟那傢伙那麼強大，會害怕也是情有可原。我也很害怕。

我接下來到底該怎麼辦？

我有辦法突破蜂群，回到原本的通道。

不過前提是無視地龍的存在。

我這次運氣好活了下來。

不過，要是再次發生同樣的事情，我覺得這次一定不會這麼好運。

地龍的行為很明顯是覺得我的巢礙眼。

也就是說，築巢這樣的行為，以後也很可能會被地龍盯上。

這麼一來我就不能築巢了。

正確來說，應該是怕到不敢這麼做。

我的心已經完全屈服。

我不想做會招惹到地龍的事。

即使那只是我的誤會，其實地龍只是毫無意義就順手破壞我的巢也一樣。

那傢伙那麼強大，或許不會為了那種無聊的理由就發動攻擊。

但在弱小的我眼中，不管牠動手的理由是什麼，結果都一樣。

只要遇到地龍就會死——事情就是這麼簡單。

我連續兩次躲過一劫。

兩次都很走運。

不過，我不覺得這全是幸運的功勞。

雖然地龍壓倒性地強大，但不也沒能發現到躲起來的我嗎？

我這麼認為，我想這麼認為。正確來說，如果不這麼想，我就會失去心靈的依靠。

我唯一的存活之道。

拚命躲藏，然後設法逃離地龍的生活圈，就只有這條路了。

我只能依靠隱密這個技能。

雖然剛取得時，我不認為這個技能會很有用，如今我只能依靠這個技能了。

技能等級是5，老實說不太可靠，但我別無選擇。

我下定決心了。

我觀察地面。地龍的腳印光明正大地留在上面。我看向地龍腳印前去的方向。

那裡有一條巨大的通道。地龍就在那前面，光是這樣就讓我緊張起來。

我往地龍前往的通道的反方向前進。

這麼做也是理所當然，誰會想要跟地龍往同一個方向前進啊。

我連這條路通往哪裡都不曉得。

說不定無視自己的心情，繼續往縱穴上面前進還比較好。

不過，果然還是算了。

這無關道理，只是我的內心不願意這麼做。

我小心翼翼地一邊躲藏一邊前進。真希望有紙箱這個最強的隱身法寶。

呼……我的心情是不是稍微平復了點啊？

這麼說來，我在墜地時損失了很多ＨＰ，但現在已經完全回復了。

多虧有ＨＰ自動回復這個技能。

早知道就不要用技能點數取得探知，直接取得這個技能就好了。

但能像這樣靠自己練成這個技能也不錯。

剛才沒有心情注意那麼多，ＨＰ的回復速度到底有多快呢？

因為技能等級還很低，我想回復速度應該不會太快。感覺若只是一點小傷，就算放著不管也不用擔心。

對了，還有一件事情讓我很在意，那就是代表ＳＰ的紅色總和體力計量表沒有減少。

這到底是怎麼回事？

因為之前沒有遇過這種事，我想應該是有某種條件讓計量表不會減少，但我不知道那個條件是什麼。

雖然我覺得不太可能，但會不會其實有減少，只是因為某種錯誤，讓顯示結果看起來沒有減

少呢？

討厭啦，我不想要突然用盡體力，落入無法行動的窘境。

不對，我很相信鑑定小姐喔。我相信妳是只要肯做就辦得到的女孩喔。雖然我相信妳，但是考慮到妳目前為止搞砸事情的機率……我真的相信妳喔。

鑑定的技能等級或許也差不多要提升了。

因為距離上次提升等級過了不少時間，而且我又有一直持續發動鑑定。

考慮到升到6級時的大幅進步，看來也能期待下次的等級提升。

要是能夠增加顯示技能的功能就再好不過了。

畢竟搞不懂技能的效果，實在很不方便。

再說，在效果不明的技能之中，說不定有能夠顛覆現況的技能。

雖然覺得這種期待有些不太實際，但或許能讓目前的狀況好轉一些。

為了擺脫這個絕望的狀況，就算只有一點也好，我想看到正面的轉機。

不知道有沒有能得知敵人位置的技能？

只要有那種技能，我就能一邊隨時確認地龍的位置，一邊前進了。

如果探知能派上用場就好了，可惜不行。

我還想要地圖。

我連這條路是不是真的通往安全地帶都不知道。

搞不好這條路通往更危險的地區。

要是這樣，我八成會沒命吧。

總之，我現在只能相信自己的狗屎運了。

拜託，希望這條路通往比現在更安全的地方。

我前進的道路頗為寬廣。

嗯，大概有身長兩公尺半的蜜蜂能夠自由飛舞，身長五公尺左右的巨大螳螂可以跑來跑去那樣寬廣吧。

〈艾爾羅螳螂怪　LV7　能力值鑑定失敗〉

巨大螳螂用雙手上的鐮刀迎戰圍著自己的蜜蜂。

不同於普通的螳螂，牠有六隻手臂，簡直就跟阿修羅一樣。

雖然蜜蜂想從空中發動攻擊，但一直進不去鐮刀的攻擊範圍，戰況陷入膠著。

我躲在岩石後方觀察戰況。雙方似乎都沒發現我的存在。

隱密這個技能的效果比我預想中還要好。

我偷偷觀察，並繼續發動鑑定。

〈艾爾羅螳螂怪：棲息於艾爾羅大迷宮下層的螳螂型魔物。擅長用鐮刀施展出強力的物理攻擊〉

啊，有一隻蜜蜂被鐮刀砍成兩半了。

嗚哇……一刀兩斷耶……好誇張的鋒利度。

如果是那種程度的鋒利度，說不定也能斬斷我的絲。

反正牠們好像沒注意到我，就這樣偷偷溜過去吧。

等等，鑑定結果中，好像又出現不能忽視的詞彙了。

〈艾爾羅大迷宮下層：位於艾爾羅大迷宮中層和最下層之間的地區。棲息著許多強大的魔物〉

啊，是喔，原來這裡是下層啊。話說居然還有更下層。

原來這裡有很多強大的魔物啊……真不想知道這件事。

我還以為這裡已經是最下層了，沒想到還有更下層。

說到最下層，不管怎麼想，我的腦海中也只會浮現出超強大魔物多到滿出來的畫面。

畢竟那可是世界最大的迷宮的最下層啊。

因為迷宮這種地方就是越往下走，敵人就會變得越強，如果我目前身處的下層是有許多強力魔物的地方，那我的想像應該不會有錯。

光是想到那裡有一大堆地龍等級的怪物，我就覺得害怕。

不過……

雖然只是推測，但我原本所在的地區應該是上層吧。

因為那是人類也會出入的地區，所以應該連接著地上。

這麼說來，搞不好出口也意外地就在附近。

但那種事情現在不重要。

反正我得先離開這個下層才行。

就算離開下層，也還有中層在等待著我。

再說，我連這條路是不是通往中層都不知道。希望不要是通往最下層的路。

啊，又有一隻蜜蜂被解決了。看來蜜蜂會輸吧。

螳螂好強。牠顯然比蛇還要強耶。

奇怪了，在我的認知裡，蛇本來應該是頭目級角色才對啊。

雖然跟地龍沒得比，但那隻螳螂也相當強耶。

蛇在我心目中的排名正在急速降低。

蛇在這個下層裡，該不會沒那麼強吧？

算了，現在就下這種判斷還太早。

說不定只是那隻螳螂太強罷了。

我一時間有過這樣的想法。

但在第三隻蜜蜂被一刀兩斷時，螳螂身上發生了令人意想不到的事。

突然出現的巨大蜘蛛牙齒咬碎了牠的身體。

什麼？不會吧？真的假的？

〈上級蜘蛛怪　LV18　能力值鑑定失敗〉

哇塞，是我的超級進化型態耶。

真的假的？

〈上級蜘蛛怪：蜘蛛型魔物蜘蛛怪的進化型態。肉食性，牙齒具有強烈的毒性〉

喔喔，如果我繼續進化下去，就會變成那樣嗎？

雖然比我一開始時見到的超大型蜘蛛——也就是我老媽小上許多，但身長至少也有十公尺左右。

螳螂看起來變得很小隻。

話說回來，牠連絲都不用，只用牙齒就殺掉那隻螳螂了吧。

那種物理攻擊力會不會太誇張了點？我的攻擊力還只有21耶。

到底要進化幾次才會變成那樣啊？

總之，在被發現之前趕快偷溜吧。我怎麼可能打得贏那種鬼東西。

嗯，不過這下子我明白了。

這個下層很不妙。

哪裡不妙？看就知道了吧！

這下子，我真的全得靠隱密這個技能保命了。

我是不是太衝動了？當初直接強行突破蜜蜂大軍會不會比較好？

不過，我目前還沒感受到像遇到地龍時那樣一籌莫展的危機感。

而且這裡也有蜜蜂能夠擊敗的魔物，所以我並非絕對無法在這裡混下去。

雖然螳螂和大蜘蛛看起來很強，但其他魔物搞不好出乎意料地弱吧？

我決定了，只要看到感覺打得贏的魔物就吃掉，除此之外的魔物就靠著隱密技能避開。

紅色的總和體力計量表目前還是沒有減少。

如果相信這個顯示結果，我就不需要著急，耐心地鎖定獵物再展開行動。

我可不希望一個不小心，引來地龍等級的可怕傢伙。

我偷偷摸摸地移動。

我一邊旁觀其他魔物的亂鬥，想著「要是被捲進去就死定了」，然後慌忙逃命。

天啊，這下層真不是鬧著玩的。我原本覺得超級強的螳螂，在這裡頂多也只能算是二流角色罷了。

吃掉螳螂的大蜘蛛，長著翅膀的獅子，疑似從蛇進化而來的大蛇等，這裡根本就是怪物的寶庫。

太扯了吧。

為了避免被那些傢伙發現，我一邊躲藏一邊移動，目前為止還沒被發現，勉強撐到現在。

要是被發現，我早就沒命了。

我強忍著睡意不斷移動。因為我一直沒有停下來休息，所以沒有減少的紅色總和體力計量表終於開始減少了。

結果我還是不知道計量表為何不會減少，但這下子我總算看到時間限制了。我必須在這個38點的數值歸零之前進食才行。

話雖如此，但由於找不到我能解決的獵物，我決定結束今天的探索去睡覺。

老實說，我幾乎沒睡。

雖然我之前睡覺時都會睡在簡單版的家裡，但因為不想引人矚目，所以我有生以來第一次露宿野外。

因為睡得膽戰心驚，我不可能睡得很熟。

目前是還撐得住，但要是一直持續睡眠不足的狀態，總覺得遲早會出問題。

不過，我前世的平均睡眠時間只有四小時，所以稍微睡眠不足應該也無所謂。

睡眠狀況的問題差不多就是這樣，問題在於進食。

我必須想辦法在這個怪物樂園裡找到食物。

雖然我幹勁十足，但食物的問題好像可以輕鬆搞定。

之所以這麼說，是因為這裡有頗為容易就能取得的食物。

我一直覺得不可思議。這裡的魔物強得離譜，可是在這群強得離譜的魔物之中，也能找到出現在上層的弱小魔物。

蛇也是其中之一。沒想到我也會有把蛇歸類為弱小魔物的一天。

因為這個緣故，我很在意這些弱小魔物到底都吃些什麼。

畢竟弱小魔物只有被吃的分，沒有東西可吃，這是弱肉強食的世界法則。

這個迷宮裡的傾向一直以來都是這樣。

不過這些傢伙其實還挺多的。

蜜蜂就是以這些弱小魔物為主要目標。

而觀察這些弱小魔物後，我發現這些傢伙有某個共通點。

那就是大家都有毒。

這個發現讓我恍然大悟。因為我擁有與生俱來的毒抗性，所以能夠毫不在意地吃這些魔物，但一般來說，有毒的東西是不能吃的。

雖然這些傢伙很弱，但因為身上有毒，所以沒有毒抗性的魔物不會想吃。

這麼看來，要是我不小心被發現，搞不好也會因為這種理由被放過。

話雖如此，不被發現還是比較好，所以我要繼續潛行。

至於這些弱小魔物都吃什麼，我發現他們以兩種東西為主食。

一種是其他的弱小魔物。

這應該算是主食吧。弱小的傢伙只能互相廝殺。

如果找到周圍沒有強大魔物的機會，我也會想用偷襲戰術解決別人。

而另一種食物，就是弱小魔物在逼不得已的情況下的最後選擇。

〈艾爾羅腐蝕蟲　LV3　能力值鑑定失敗〉

那傢伙的模樣，就像是隻扁平的黑蟲。

雖然外型像蟲，但行為比較像是田螺。那些傢伙會緊貼在迷宮牆壁上緩緩爬行，行為跟田螺很像，所以我決定叫牠們田螺蟲。

這個下層裡有一大堆這種田螺蟲。

隨便看向牆壁就至少會有一隻，牠們的數量就是多到這種地步。

明明就有這麼多，為什麼每種魔物都不吃呢？沒吃過這傢伙的我曾經有過這種膚淺的想法。

沒錯，我太膚淺了。

我應該作好心理準備再來挑戰這傢伙的，就算現在後悔也來不及了。

吃這傢伙真的是最後的手段——我吃了這傢伙後才發現這件事。

沒錯，我吃了這傢伙。真的吃了。

我用絲把牠從牆上拉下來，用毒牙輕易了結牠的生命，以至於沒發現這傢伙真正的可怕之處。

我開動了——真想給過去那個傻傻地如此宣布的自己一巴掌。

這傢伙難吃到令人難以置信的地步。

那已經不是屬於這個世界的味道了。

在轉生成蜘蛛後，雖然我吃過各種噁心的食物，但還是受不了那個味道。

因為這傢伙太過難吃，我的ＨＰ甚至還減少了。

那絕對不是食物。

我的腐蝕抗性還不知為何提升了，這東西早已超出常識能理解的範圍。

如果沒有絕不浪費食物這樣的信念，我絕對不會想吃光這傢伙。

事情就是這樣，只要我想弄到食物，馬上就能弄到。

雖然會伴隨著難以言喻的痛苦就是了……

不過，如果問我比較討厭餓死，還是吃下難吃得要死的食物，那我當然比較討厭真的死掉。

遇到別無選擇的狀況時，再來吃這種田螺蟲吧。

……拜託盡量不要讓我遇到這種狀況。

我重新打起精神，再次展開探索。

雖然上層地區的迷宮地帶有一大堆複雜的岔路，但這條通道一直都是直路。

不會迷路是好事，但如果這條路通往最下層，我不就回不去了嗎？

啊……還是別想那種討厭的事情了。

這條路肯定通往中層！我要相信這件事！

好啦，紅色計量表也差不多該減少了。

雖然上次吃了田螺蟲，但我想把那當成是真正的最後手段。

只要往牆上一看，現在也能找到好幾隻爬來爬去的田螺蟲，但我一點都不想吃。

難吃到那種地步，也難怪其他魔物都不想吃。

因為這個緣故，我想趁計量表還夠長時，想辦法吃頓正常的大餐。

至於有毒的魔物算不算得上是正常食物這個問題，我們就先擱在一邊吧。

反正我已經吃過一大堆有毒的魔物，事到如今也沒必要在意這種問題。我才不想吃什麼好吃的食物……好懷念泡麵啊……

好啦，前面沒問題！後面沒問題！周圍沒有危險的傢伙！很好。

〈艾爾羅恐龍怪　LV8　能力值鑑定失敗〉

〈艾爾羅恐龍怪　LV7　能力值鑑定失敗〉

〈艾爾羅恐龍怪　LV7　能力值鑑定失敗〉

在我眼前的，是總是三隻一組活動的魔物。

這些傢伙還真是不管走到哪裡都三隻一起行動耶。

但這裡真不愧是下層，牠們的等級相當高。

如果升到等級10就能進化，那等級8的傢伙說不定快要進化了。

可惜這件事永遠不會發生了。

為了不被發現，我悄悄繞到牠們身後。

然後在這時使出我的新武器——投網！

咦？名字太沒創意？

沒差吧，我也不是每次都能想到那種有創意的名字啊。

雖然當我想到蜘蛛流星錘那一瞬間，嘴角確實不自覺地上揚了。

但要我每次都維持那種品質，根本就是強人所難。

事情就是這樣，我要投網啦！

別以為這只是普通的投網。這種新武器……嗯……沒有名字果然有點寂寞……嗯？說明？

好好好，雖然這武器剛丟出去時會一整團飛出去，但在抵達目標位置的瞬間，蜘蛛網就會一口氣展開，把對手直接包起來！

這是細膩的蜘蛛絲編織技術，以及操絲術的巧妙操縱結合而成的夢幻連續技！

三隻魔物毫無反抗能力地被網子罩住。

哇哈哈哈。大豐收！

再來就是跟往常一樣用毒牙解決牠們了。我咬！

《滿足條件。取得稱號〈毒術師〉。》

《基於稱號〈食親者〉的效果，取得技能〈毒合成ＬＶ１〉、〈毒魔法ＬＶ１〉。》

哦？哦哦？我得到稱號啦！毒術師？是毒術師耶！

技能是……毒合成跟毒魔法啊……

因為不知道用法，所以毒魔法就照慣例放著不管吧。
沒用的魔法又增加了。
至於毒合成這個技能，好像也讓人搞不太懂有什麼效果耶。
毒合成是製造毒素的意思嗎？可是我這蜘蛛本來就會製造毒素了啊。
啊……糟糕糟糕。
等一下再來研究技能吧。
我得先解決掉剩下的兩隻魔物，趕快把牠們處理掉才行。
事情就是這樣，看我的毒牙攻擊。
《熟練度達到一定程度。技能〈毒牙ＬＶ７〉升級為〈毒牙ＬＶ８〉。》
哦？哦哦？哦哦哦？今天是毒的節日嗎？不錯喔。
如果等級10算是封頂，那等級8不就是相當強的猛毒了嗎？
畢竟我的毒對同樣有毒的蜜蜂也很有效。
比起得到稱號，這還讓我比較開心。
很好。我把完全死透的三隻魔物搬到岩石後方。
嗚……憑我悽慘的能力值，一次搬三隻太辛苦了，說不定一次搬一隻比較好。
咦？以前是不是也有過類似的事情？
當時我是不是也為了沒有一隻一隻搬而後悔啊？

嗯……？我不記得了！我不記得那種事情！絕對不是我的記憶力不好！是那種事情從來不曾發生！懂嗎！很好。

總之，一邊用餐一邊測試毒合成這個技能吧。

話雖如此，因為不曉得用法，我也只能隨便在心裡默唸技能名稱。

事情就是這樣……低語吧！祈求吧！默唸吧！毒合成！

當我真的如此默唸時，某種東西就出現了。

感覺就跟發動鑑定時一樣，腦袋中突然浮現出影像。

〈毒合成選單〉〈弱毒〉〈蜘蛛毒ＬＶ８〉

這是什麼？

啊，不過，既然有出現這樣的畫面，那應該可以鑑定才對。

〈毒合成選單：可以合成毒素〉

〈弱毒：非常弱的毒〉

〈蜘蛛毒ＬＶ８：蜘蛛分泌的致死性毒素。ＬＶ８的毒素非常強大〉

嗯……蜘蛛毒是我原本就有的毒吧？

雖然只是推測，但等級1的毒合成本來能夠製造的毒就是弱毒吧？

我試著選擇弱毒。

我眼前出現一顆水球，然後掉在地上變成水窪。

糟糕。難道要準備東西裝起來才行嗎？我順便鑑定水窪。

〈弱毒形成的水窪〉

嗯。看來真的是弱毒。原來如此。

也就是說，毒合成就是不需要素材就能製造毒的技能。

如果是人類的話，這個技能感覺相當便利，但我可是蜘蛛。

不過視用法而定，說不定也能派上用場。

嗯……能夠毫無成本生產毒素確實很厲害。

啊，不對，等一下……

ＭＰ減少了。原來不是毫無成本。

這……突然變得微妙了。

雖然只要等級提升，能夠合成的毒素種類或許會增加，但我已經能製造出蜘蛛毒這種強力的毒素了，感覺起來不太吸引人。

不過，光是能用就算不錯了，至少比全都不能用的魔法系技能有用多了。

S7 第二王子

蘇和克雷貝雅在我眼前拿著練習用的劍對峙。

蘇活用嬌小的體格，從對手腳邊迅速出劍攻擊，卻被克雷貝雅輕易架開。

之後蘇也果敢地發動攻擊，但全被克雷貝雅正確無誤的防禦擋下。

相較於身材嬌小的蘇全靠蠻力的劍術，有著不像女性的銅筋鐵骨的克雷貝雅卻擁有行雲流水般的劍術。

兩人外表給人的印象和招數給人的印象正好相反。

蘇絕對不算弱，但面對實戰經驗豐富的克雷貝雅，無論如何都會顯得稚嫩。

這也是理所當然的事，因為克雷貝雅已經取得「劍的才能」的上位技能「劍的天才」，而且等級還高達7。

蘇的「劍的才能」只有等級6，算起來總共差了11級。

其中存在著無法填補的差距。

儘管如此也沒能馬上分出勝負，單純只是因為能力值的差距太大了。

蘇同時發動了魔鬪法和氣鬪法這兩個技能。

雖然那是消耗MP和SP提升能力值的技能，但只要MP量多得驚人的蘇使用魔鬪法，能力值的提升幅度也不可小覷。

由於蘇這時體能系的能力值也提升了相當多，在能力值上是蘇比較占優勢。

話雖如此，作為讓步，克雷貝雅沒有使用氣鬪法。如果她用了，形勢就會馬上一面倒。

不過就算不使用氣鬪法，應該也是克雷貝雅會贏吧。

雖說能力值比較高也只是彌補了一點差距，彼此原本的基礎能力差太多了。

蘇沒有逆轉的機會。

如我所料，蘇在攻擊到筋疲力盡時，受到反擊輸掉了。

她的身體被劍身擊中，趴倒在地上。

在旁邊待命的安娜立刻衝向蘇，並使用恢復魔法。

完全恢復的蘇一邊拍掉衣服上的土，一邊滿臉懊悔地站了起來。

「我輸了。」

「這個年紀就有這種身手，很快就能超越我了。公主殿下的才能真是出色。」

「我不想聽客套話。」

我正準備走向鼓起腮幫子的蘇時，旁邊立刻響起鼓掌聲。

「不，我覺得那不是客套話，而是真心話喔。妳的身手就是這麼出色。」

包括我在內，在場的所有人都驚訝得睜大雙眼。

我和蘇就算了，沒想到就連克雷貝雅和安娜都沒注意到他的出現。

儘管他就站在身旁，我也完全沒能發現他的存在。

「尤利烏斯大哥！」

「嗨，嚇到了嗎？」

這名男子就是第二王子，也是我同母親的哥哥。尤利烏斯大哥像是惡作劇成功的孩子般，露出爽朗的笑容。

「你什麼時候回國的？」

「昨天。雖然我昨天就想來露個面，但因為忙著去見父王和大哥，所以就沒時間了。」

尤利烏斯大哥的年紀和我相去甚遠，已經在國外展開各種活動了。

因此，像這樣回國是相當罕見的事。

「蘇也是一陣子不見就變得這麼優秀了。妳的進步幅度每次都讓我大吃一驚呢。」

尤利烏斯大哥溫柔地向蘇搭話。

可是被稱讚的蘇卻鼓起臉頰，不願答話。

蘇好像不擅長應付尤利烏斯大哥。

對我而言，尤利烏斯大哥比其他兩位大哥更容易親近，所以我很喜歡他。

何況我很尊敬尤利烏斯大哥。

老實說，我不想看到尊敬的大哥和疼愛的妹妹感情不好。

「蘇，不可以對大哥擺出那種態度吧？」

「哈哈，沒關係啦。蘇也到了多愁善感的年紀啊。」

尤利烏斯大哥似乎察覺到了什麼。

儘管加上前世年紀的話，我的年紀應該比較大，但總覺得尤利烏斯大哥的精神年齡依然在我之上。

「好啦，那修的實力又如何呢？好久沒打了，要我陪你對練嗎？」

「可以嗎？那就麻煩你了！」

能跟尤利烏斯大哥對練，是我求之不得的事。

「把劍借我一用吧。」

「沒……沒問題！」

尤利烏斯大哥從變得退縮的克雷貝雅手中接過練習用的劍。

難得有人能讓克雷貝雅這麼緊張。

畢竟她面對的是尤利烏斯大哥，這也沒辦法。

「好，我準備好了。儘管放馬過來吧。」

「是的！」

我立刻發動魔鬪法和氣鬪法。

面對尤利烏斯大哥，不需要有所保留。

我要用盡一切力量。

我迅速踏步，從斜下方往上一砍。

這一劍被大哥用單手輕易接下。

我全力揮出的一擊，居然被單手拿著的劍輕易擋下。

不過我早有預料。

大哥不可能接不下這種程度的劍。

我立刻把劍拉回，施展下一次攻擊。

這一擊還是被擋下了。

真開心。

即使使出全力也完全沒用。

不管我揮出多快速的劍，不管劍上的力道有多強勁，不管我用了多高超的技巧，也完全碰不到尤利烏斯大哥。

我根本想不到該如何戰勝他的劍術。

我正和這麼遙不可及的人對劍。

真的非常開心。

儘管我想要一直這樣打下去，但結束的一刻還是到來了。

我的魔鬪法和氣鬪法的效果結束了。

我一邊大口喘氣，一邊單膝跪地。

「嗯。修的劍技非常直率，讓人覺得很舒服。你那不斷進步的才能真是令人驚訝。」

「謝……謝謝……誇獎……」

我斷斷續續地道謝。

我明明快累倒了，尤利烏斯大哥卻連大氣都不喘一口。

真是厲害。

不愧是勇者。

世界上最強的人。

我會有追上他的一天嗎？

我在這個世界的其中一個夢想，就是追上這個人的腳步。

雖然現在還完全追不上，但我總有一天要成長到足以保護尤利烏斯大哥的背後。

這就是我的目標。

幕間　勇者與父王

「請用，這是布狄艾地區的特產酒。」

「喔喔，這我可沒喝過。不曉得味道如何，真期待。」

這間房裡雖然乾淨，卻堆滿了文件和各式各樣的東西。

我把作為禮物的酒交給父親大人。

父親大人愛喝酒。平常獨自處理政務時，他總是一邊偷偷喝酒一邊工作，而這件事甚至已經慢慢變成眾所周知的祕密。

因此每次回國時，我都會帶罕見的酒回來當作禮物。

對於貴為國王，無法隨意前往國外的父親大人來說，這是最能讓他高興的禮物了。

而像這樣兩人一起品嚐我帶回來的酒，也成了我們之間的慣例。

「父親大人，工作方面沒問題吧？」

「你放心，沒問題。如果有問題的話，只要少睡一點就行了。陪偶爾回家一次的兒子比工作重要多了。」

聽到父親大人的回答，我只能苦笑以對。

國王的工作明明就沒有輕鬆到能說放下就放下。

「再說，薩利斯的工作能力也大有長進。就算我突然有個萬一，這個國家應該也不會有問題吧。」

「父親大人，我承認大哥很優秀，但這個國家還需要您。請不要說這種不吉利的話。」

看著隨口說了聲抱歉的父親大人，我輕輕嘆了口氣。

父親大人從架子上拿出兩個暗藏的酒杯，把酒分別倒進裡面。

「嗯。香味很獨特。」

「是啊，我也是因為喜歡那種香味才買的。您一定會喜歡。」

房裡充滿濃郁的酒香。

我和父親大人輕輕乾杯，然後開始靜靜飲酒。

「嗯，口感柔順。這酒不管要我喝多少都行。」

「這種酒在當地也很受女性喜愛。如果搭配水果一起飲用，似乎還能增添風味，所以我準備了這個，請用。」

我拿出事先準備好的水果。父親大人把水果放進嘴裡，然後再喝了一口酒。

「好喝。我平常都喝烈酒，偶爾喝點這種酒也不錯呢。」

「我就說吧。」

看來這次父親大人也很滿意，讓我鬆了口氣。

其實我有些擔心喜歡喝烈酒的父親大人是否喜歡這次的酒。

看來是杞人憂天。

我們兩人一起安靜地喝了一陣子的酒。

我突然想起白天的事，忍不住揚起嘴角。

「怎麼了嗎？」

「沒事，只是想起白天時去探望修和蘇的事。」

兩位弟妹展現出就連身為勇者的我都被嚇到的才能。

我還陪修對練了一下，裝從容裝得很辛苦。

早知道就不要只用單手對付他耍帥了。

下次跟他對練時，我還是正常地用雙手迎戰吧。

「嗯。在你眼中，那兩個孩子如何？」

「他們擁有令人畏懼的才能，尤其是修。如果他早點出生，得到勇者稱號的人或許就不是我，而是他了。」

這是我毫無虛假的感想。

事實上，就才能而言，修和蘇都遠遠高過我。

我之所以強過他們，只是因為勇者稱號擁有的增強能力值效果。

如果沒有勇者的稱號，雖然我現在還不會輸，但應該很快就會被他們超越。

不對，他們的才能不只是那種地步。

搞不好就連擁有勇者稱號的我都會被超越。

這樣一來，我這個當兄長的面子就掛不住了，真希望那種事不要發生。

尤其修好像很尊敬我，要是讓這樣的弟弟對我幻滅，我或許會大受打擊，再也無法振作。

這可是不得了的大問題。為了別輸給弟弟和妹妹，我還是重新鍛鍊自己吧。就這麼決定。

「你在一個人自言自語什麼？」

「沒什麼，只是覺得要維持哥哥的威嚴也不是件容易的事呢。」

這麼說來，修在蘇面前好像也很努力地維持兄長的威嚴。

而且還很成功。

蘇也真的很喜歡黏著修，喜歡到甚至會嫉妒我這個哥哥的地步。

我是覺得一旦蘇長大後，應該就不會這樣一直黏著修，但看到自己最喜歡的哥哥被搶走就會鬧脾氣的妹妹，還挺可愛的。

「我一直覺得很對不起他們。」

父親大人的臉上露出一絲哀愁。

他們兩人出生時，前任的勇者才剛過世。

那同時也是我繼承勇者稱號的時候。

行蹤不明且動向成謎的前任勇者突然死去。

我成為新勇者，魔族的活動突然旺盛起來。

這些事件同時發生，讓父親大人無暇顧及他們兩人。

雖然父親大人很重視家人，但他是一國之君。

必須把國家大事擺在前面。

父親大人一直很在意這件事。

「這也是沒辦法的事。當時一下子發生太多事，您根本別無選擇。」

「但是，那兩個孩子至今依然和我有所隔閡。我覺得答案已經很明白了。」

「放心吧，他們兩人以後肯定也能理解。」

「希望如此……」

父親大人一臉難過地喝了口酒：

「老實說，我有時也會對自己身為國王的立場感到厭煩。不光是因為那兩個孩子……尤利烏斯，對你也一樣。我不想讓你這個兒子肩負勇者這樣的重擔。但身為國王的我，只能命令你接下這個任務。以一個國王來說，這是正確的選擇，卻不是一個父親該做的事。」

父親大人重重地嘆了口氣，把堆積在心底的感情一併吐出。

「父親大人，能當上勇者是我的驕傲，所以請您不要說這種話。再說，要是把勇者的身分從我身上拿掉，我不就什麼都不剩了嗎？」

「絕對沒有這種事。」

「不。我沒有大哥那種政治素養，也沒有列斯頓那種貫徹自我的信念，更不能像大姊那樣出嫁外國。說到我所能做的事，就只有為了國民和全人類，以勇者的身分揮劍。所以父親大人您不必內疚。因為我只是為了自己，努力做自己力所能及的事情罷了。」

「列斯頓那樣，應該只算是任性過活吧？」

「說得沒錯。」

我和父親大人忍不住笑了出來。

父親大人，在我眼中，您是位十分偉大的父親。

因此，為了幫助這位父親，我將以勇者的身分繼續努力下去。

11 繼續攻略下層

在下層的危險直線通道前進一段時間後，我總算……總算是抵達了！

看到岔路啦！路？

嗯。

我眼前只有一大片寬廣的空間。

這該算是岔路嗎？是路太寬廣，還是根本就沒路了？

一旦大到這種地步，就連擁有夜視技能，完全不怕黑暗的我的眼睛也沒辦法看清前面。

呃……我到底該往哪邊走才好？

如果是之前那樣的筆直通道，我不用擔心迷路，但這種一無所有的寬廣空間實在讓人頭痛。

打個比方，這就像是闖進沒有道路的沙漠一樣。

不知道該往哪個方向前進的感覺還挺可怕的。

我記得曾經聽別人說過，如果在景色一成不變的地方不斷前進，就會在無意識中沿著巨大的弧線前進，最後走回原本的地方。

我覺得變成蜘蛛的我應該不會這樣，但這下完全不曉得該往哪個方向前進。

說到能夠當作記號的東西，頂多就只有到處林立的石柱。

這些石柱看起來都差不多，當作記號的特徵實在不太足夠。

因為到處都有田螺蟲，就算遇到最糟糕的狀況，我應該也不用擔心沒東西吃，只是我可能連自己不小心迷路這件事都不會發現。

算了，這種時候就回歸到攻略迷宮的基本法則，沿著牆壁前進吧。

我跟之前一樣，沿著右側牆壁前進。

不過這裡還真大。橫向的寬度相當誇張，縱向的寬度也同樣驚人。

被石柱支撐著的天花板高度，至少有一百公尺左右。

高到必須抬頭仰望。

拜此所賜，即使身在迷宮之中，也完全感覺不到閉塞感。

該怎麼說呢……這裡明明到處都是岩石，卻有一種大自然的雄壯氣息。

身處在這個空間中，讓我徹底體認到自己有多麼渺小。

在前世時，我曾經看過介紹世界祕境之類內容的電視節目。

當時的我並沒有因為那種東西而感動。

因為隔著一片螢幕的美麗景色，對我而言也不過是發生在遙遠世界的無關緊要之事。

我心中沒有一絲感動，只有純粹的冷漠。

就連自己為何會看這種節目都覺得莫名。

不過，我現在身在此處。這裡才是我居住的世界。

我無法置身事外，也無法保持冷漠。

當我還是人類時，絕對想不到會被自己身處的地方感動。

而且，如果我繼續窩在名為「我家」的巢裡，也無法得到這樣的經驗。

就這層意義上而言，或許我必須感謝那位把我拉到外面世界的人類縱火狂。

啊，一想起那件事就覺得火大。

果然還是算了，誰要感謝那種傢伙啊？要是下次讓我遇上，我絕對要用絲把他捆起來，還要在迷宮裡拖著跑，最後用毒牙送他到極樂世界。

呼……想起討厭的事情了。

還是再來欣賞一下迷宮的雄壯風景，好好治癒受傷的心吧。

〈鱷嘴猿　LV14　能力值鑑定失敗〉

巨大的魔物緩緩現身。

總覺得……雖然那傢伙整體給人的印象像是樹懶，感覺有些遲鈍，但那張嘴巴卻破壞了這樣的印象。

那是一張露出無數尖牙，有如鱷魚般的巨大嘴巴。

猿猴般的身體加上那張凶惡的嘴巴，看起來極端不協調而且凶惡。

完全治癒不了受傷的心……

是啦，這裡是迷宮，不是大自然。這裡很危險，懂嗎？嗯，我了解了。
就是這樣，為了避免被牠發現，我一邊屏住氣息一邊準備落跑。

總算沒有被發現。
不過，我的腦袋中開始浮現出不太願意想像的事情。
那就是這個超級寬廣的地區，該不會就是最下層吧？
我不曉得區分各層的基準是什麼，但在沿著筆直通道前進後來到這麼寬廣的地區，就算說我已經來到別層，好像也很正常。
雖然剛才的直線通道不太像是往下前進，但搞不好只是坡度太過平緩，以至於我沒能發現。
只要這麼一想……對吧？
不不不……事情一定不是這樣吧？
我只是來到一個寬廣的地方罷了。
嗯，或許我反而是來到中層了。啊，這個想法不錯。
沒錯，這裡肯定是中層。
什麼嘛，原來我總算逃離下層那個危險地區了……

〈鱷嘴猿　ＬＶ８　能力值鑑定失敗〉
〈鱷嘴猿　ＬＶ４　能力值鑑定失敗〉

〈鰸嘴猿　ＬＶ11　能力值鑑定失敗〉

……中層有可能會出現這種鬼東西嗎？

我是透明人我是透明人……啊，應該是蜘蛛才對。

總之先消除自己的氣息吧。我要就這樣偷偷溜過去。

拉開足夠的距離後，我才想起自己忘記鑑定那種魔物。

〈鰸嘴猿：擁有巨大嘴巴的怪異魔物。總是成群結隊展開行動，一起襲擊獵物〉

啊……哈……明明看起來那麼強，居然還會成群結隊行動，我根本不可能有勝算嘛。

嗯。

還是收回這裡是中層的假設吧。這根本不是中層該有的難度！

唉……我只能祈禱這裡真的不是最下層了……

我偷偷摸摸地沿著牆壁移動。

自從吃掉之前那三隻魔物後，紅色的體力計量表又不會減少了。

嗯？我記得因為量有點多，所以吃完第一隻時，我的體力已經幾乎完全恢復……

我能想到的原因，難道是過食這個技能的效果？

例如可以把多吃掉的食物用來儲存額外的體力之類的效果？

我記得這種現象，確實是在取得過食這個技能後才發生。

只要這麼想，就覺得這個推測未必是錯的。

《熟練度達到一定程度。技能〈鑑定ＬＶ６〉升級爲〈鑑定ＬＶ７〉。》

哦？哦哦？喔喔喔！鑑定升級了！鑑定小姐升級了！這樣就贏定啦！

想到上次的進步幅度，我現在可是相當期待喔。

這樣好嗎？要是讓我失望的話……我可不會放過妳喔。

妳有辦法滿足我越來越高的標準嗎？

絕對不能上網搜尋喔。

好啦，讓我們來看看鑑定結果到底如何！

〈小型蜘蛛怪　ＬＶ3　姓名　無

能力值

ＨＰ：38／38（綠）　ＭＰ：38／38（藍）

ＳＰ：38／38（黃）　：38／38（紅）

平均攻擊能力：21　平均防禦能力：21

平均魔法能力：19　平均抵抗能力：19

平均速度能力：369

技能

「ＨＰ自動恢復ＬＶ２」　「毒牙ＬＶ８」　「毒合成ＬＶ１」　「蜘蛛絲ＬＶ８」

「操絲術ＬＶ５」「投擲ＬＶ１」「集中ＬＶ１」「命中ＬＶ１」
「鑑定ＬＶ７」「探知ＬＶ３」「隱密ＬＶ５」「外道魔法ＬＶ２」
「影魔法ＬＶ１」「毒魔法ＬＶ１」「過食ＬＶ３」「夜視ＬＶ10」
「視覺領域擴大ＬＶ１」「毒抗性ＬＶ７」「麻痺抗性ＬＶ３」「石化抗性ＬＶ２」
「酸抗性ＬＶ３」「腐蝕抗性ＬＶ３」「恐懼抗性ＬＶ５」「疼痛無效」
「痛覺減輕ＬＶ５」「強力ＬＶ２」「堅固ＬＶ２」「韋馱天ＬＶ２」
「禁忌ＬＶ２」「ｎ％１＝Ｗ」』

咦？真的假的？沒騙我？這不是我看錯嗎？

喔……喔喔……喔喔喔……嗚喔喔喔喔喔喔喔！

看到技能了！

鑑定小姐太神啦！居然真的滿足我提高的標準了！

呀呼！我的春天來啦！

鑑定小姐，妳真是太厲害了。謝謝妳，真的謝謝妳！

這樣一來，我總算能用雙重鑑定搞懂不明白效果的技能了！

首，先，該，選，哪，個，好，呢？

好，就先從我剛才還在推敲的過食開始吧。

〈過食：可以吃下超過極限的東西。此外，還能把多補充的體力額外儲存起來。缺點是會變胖。等級提升能讓可以額外儲存的體力增加〉

喔……喔喔……呵呵，跟我想的幾乎一樣耶。

也就是說，這是可以用額外吃下的東西，讓體力在一段時間內不會減少的技能吧。

可是缺點是會變胖啊……我有這麼胖嗎？感覺不太出來耶。

難道因為我是蜘蛛，所以才看不太出來？

換作人類的話，這個缺點或許還挺嚴重的。

接下來就選這個吧。

〈強力：技能等級的數值會變成平均攻擊能力的加成〉

哦～原來是這樣啊。也就是說，這單純是強化能力值的技能。

啊，這麼說來，在我的等級提升後，這個技能的等級好像也提升了。

我還以為是等級提升讓攻擊力一次上升了2點，原來其中1點是這個技能的效果。

這麼說來……

〈堅固：技能等級的數值會變成平均防禦能力的加成〉

果然沒錯，這個技能就是防禦力版的強力。

嗯，雖然效果其實很低，但只要想到我那悽慘的能力值，能夠稍微提升一點就很棒了。

繼續看下去吧！

接下來是……這我還是第一次看到耶。

既然是等級2，就表示已經提升過等級了，難道我漏聽天之聲（暫定）了嗎？

〈韋馱天：技能等級乘以100的數值會變成平均速度能力的加成。此外，等級提升時會加上技能等級乘以10的成長加成〉

啊？什……咦……什麼？

喔喔……原來我只有速度快得異常，是因為這個技能的效果啊。原來如此。

什麼————！

咦？這個不科學的技能是怎麼回事？

我還以為速度快是我的種族特性，結果是因為這個技能嗎？

喔喔……韋馱天……雖然覺得不太可能，但這該不會就是傳說中的轉生優惠吧？

喔喔！真的假的！神明大人真是好心！

沒想到我居然一出生就擁有罕見技能，轉生優惠太棒啦！

我在遊戲裡拿到的韋馱天這個稱號，可不是浪得虛名！

呀呼！我提起幹勁了！

那另一個沒見過的技能是什麼呢？

〈n%I=W：無法鑑定〉

嗯？無法鑑定？為什麼？

不會吧……居然在這種時候來個意想不到的失敗……

算了，反正我總覺得這個技能的名稱就像是個ＢＵＧ。

雖然覺得有些不舒服，但既然無法鑑定，繼續多想也沒有意義。

希望那不要是負面技能就好。

重新打起精神，鑑定下一個技能吧。

〈禁忌：犯下禁忌之人會取得的技能。絕對不能提升等級〉

嗚哇……這次換成超級意味深長且含糊不清的解說內容了。

不管怎麼想，這種說法都只讓人覺得這個技能是種詛咒，或是擁有負面效果。

嗚哇……我不要啦。就算叫我別提升等級，也早就在不知不覺間升到等級２了……

真的假的……我提起的幹勁都一口氣散掉了啦。

〈ＨＰ自動恢復：ＨＰ會隨著時間經過慢慢恢復。就算不會自然恢復的傷也能恢復〉

〈毒牙：使用牙齒的攻擊會附加毒屬性〉

〈毒合成：只要消耗ＭＰ就能精製或客製毒素。能夠合成的毒素會因等級而異。ＬＶ１：弱毒〉

〈蜘蛛絲：蜘蛛型生物專有的特殊技能。可以吐出能夠客製的絲。客製項目：黏性、伸縮性、彈性、質感、韌度、粗細〉

〈操絲術：能夠自由自在地操縱絲〉

〈投擲：在投擲東西時加強威力和命中率〉
〈集中：提高集中力〉
〈命中：在各種狀況下提高命中率〉
〈鑑定：讀取事物的情報〉
〈探知：結合各種感知系技能的技能。概要：魔力感知、術式感知、物質感知、氣息感知、危機感知、動態物體感知、熱源感知、反應感知、空間感知〉
〈隱密：隱藏自己的氣息〉
〈夜視：即使沒有光源，視覺也能發揮作用〉
〈視覺領域擴大：擴大可見光域〉
〈毒抗性：增加對毒屬性的防禦能力〉
〈麻痺抗性：增加對麻痺屬性的防禦能力〉
〈石化抗性：增加對石化屬性的防禦能力〉
〈酸抗性：增加對酸屬性的防禦能力〉
〈腐蝕抗性：增加對腐蝕屬性的防禦能力〉
〈恐懼抗性：讓人不容易覺得恐懼〉
〈疼痛無效：讓疼痛造成的肉體和精神上的能力限制變得無效〉
〈痛覺減輕：緩和痛覺。但此時仍會發出危險訊號〉

我把剩下的技能也全都鑑定過一遍。

雖然結果大致都如我預料，但也有一些新發現。

首先是我終於知道視覺領域擴大這個技能的真正效果了。這是能夠看見紅外線或紫外線的意思對吧？

不過，我目前為止都還沒看過那樣的東西。難道是因為等級只有1才幾乎看不見嗎？如果不是因為這樣，難道是迷宮裡沒有紅外線和紫外線？

算了，反正就算看不見那種東西也沒差，應該沒什麼關係。

此外，在調查抗性系技能後，我發現一個有點可怕的事實。

雖然幾乎所有抗性的效果都和名稱差不多意思，但只有一種抗性的名稱和實際效果不一致。

〈腐蝕屬性：掌管死亡的崩壞的屬性〉

這到底是什麼意思啊？超可怕。

我原本還以為那是吃下腐爛的東西也無所謂的抗性，但看來那是個奇特的屬性。

既然吃下田螺蟲可以提升這種抗性，就表示那些傢伙擁有這種屬性嗎？

嗚哇……難怪那些傢伙吃起來的味道不像是存在於這個世界上的東西。

嗯，我果然還是把吃田螺蟲當成最後的手段吧。

好啦，終於要到最後了。

視這次的鑑定結果而定，我的未來有可能會出現重大改變。

我要鑑定的，就是那三種魔法。

在此之前，我完全不曉得魔法的用法，不得不把這些技能晾在一旁。如果能夠使用，這些技能絕對能派上用場。能夠使用魔法，就表示我能自稱是魔法師了。

好啦。鑑定小姐，萬事拜託了！

〈外道魔法：直接侵犯靈魂的魔法。能夠使用的魔法會因等級而異。ＬＶ１：不適　ＬＶ２：幻痛〉

〈影魔法：操縱影子的下位黑暗魔法。能夠使用的魔法會因等級而異。ＬＶ１：濃影〉

〈毒魔法：操縱毒的魔法。能夠使用的魔法會因等級而異。ＬＶ１：毒蝕〉

哦？哦哦？嗯……有點微妙……

呃……雖然比起什麼都不知道那時進步多了，但我果然還是搞不懂用法。

外道魔法簡單來說，就是精神攻擊系的魔法吧。

影魔法和毒魔法的效果則是一如其名。

而且好像還有介紹等級1時能夠使用的魔法。

雖然有介紹是很好，但到底該怎麼用啊？

還是只要像發動鑑定那樣，在心裡默唸就行了嗎？

好，那就……「不適」！

……什麼事都沒發生。

不，或許只是因為沒有目標才會失敗。換個魔法試試吧。

「濃影」！

……什麼事都沒發生。

「毒蝕」！

……什麼事都沒發生。

ＭＰ也沒有減少。與其說是失敗，倒不如說是根本沒發動。

真的假的……雖然我有點期待，但果然還是不行嗎？

不對，等一下，如果用鑑定調查魔法，說不定會出現提示。

〈魔法：用技能讓魔法出現變化，使之成為一種現象〉

嗯，果然還是不行。唉……看來我還是沒辦法使用魔法。

可惡，看來距離我自稱魔法少女蜘蛛子的日子還很遙遠。

太可惡了。

算了，雖然不能使用，不過還是來鑑定一下每種魔法的咒文效果吧。

〈不適：直接在靈魂中植入不舒適的感覺〉

〈幻痛：直接在靈魂中植入虛假的痛楚〉

〈濃影：讓影子變濃〉

〈毒蝕：對碰觸的對象施加毒屬性攻擊〉

不適的效果一如其名，似乎是一種精神攻擊。幻痛也和不適差不多。

就等級1能學會的魔法而言，毒蝕感覺很強，但畢竟只有等級1，應該有著某種缺點。

濃影似乎有著一如其名的效果，但是這效果到底該怎麼使用啊？

嗯……難不成得配合高等級的影魔法使用嗎？

這麼看來，只有這種魔法的話，似乎沒什麼用途。

算了，反正我也沒辦法使用魔法。

我躲在岩石後方動也不動。

〈艾爾羅魚人怪　LV23

能力值　HP：786／818（綠）　MP：35／35（藍）

SP：779／779（黃）　：723／781（紅）

能力值鑑定失敗〉

在離我藏身的岩石稍遠的地方，有一隻魔物正緩緩前進。

那傢伙到底是什麼？我不知道該怎麼形容，那傢伙有點像是長著手腳的大魚。嗯……這樣說好像又不太對，總之那傢伙就是一種莫名其妙的神祕生物。

算了，其實那隻神祕生物的事情不是很重要。

不對，其實不是不重要，而且要是被發現就糟了。

只是有一件事遠比這些事更為重要！

沒錯，那就是鑑定小姐又立大功了！我能看到敵人的能力值！

雖然只能看見ＨＰ、ＭＰ和ＳＰ，但光是這樣就已經很厲害了！

即使成功率不算高，試三四次只能成功一次，但能夠得知對手的部分能力值還是很有幫助。

因為光是看到ＨＰ、ＭＰ和ＳＰ的粗略數值，就能知道對手的大致實力。

像這種數值有明顯差距的對手就不能打，把作戰設為「保命優先」吧。

從我身旁通過的神祕生物也是不能交戰的對手。

因為那傢伙的能力值太奇怪了。

ＨＰ818是什麼啊？就算殺掉我二十次還有得找耶。

通貨膨脹也該有個限度吧？

就連那個長著一張蠢臉的神祕生物都有這種能力值了，地龍那種怪物的ＨＰ肯定高達四位數了吧？

太誇張了。

我在這幾天發現一件事，那就是等級超過10的魔物都很強。

我想這是因為等級10也不會進化的魔物，都是所謂的上級魔物。

因此，即使等級還沒超過10，只要之前曾經遇到等級超過10的同種族魔物，我基本上都會選擇逃跑。

反過來說，只要是不管怎麼找都找不到超過等級10的個體的魔物，大致上都很弱。

不過有一件事讓我大受打擊，那就是就連那些平常被我獵食的小嘍囉，能力值也絕對比我高。其中甚至有HP高達三位數的傢伙。

真的假的……原來你有這麼強嗎？感覺就像是這樣。

難怪正面對決，我毫無勝算。

我要把一切都賭在偷襲戰術上，我就是在這一瞬間如此下定決心。

不過，只要這麼想就會發現，那些被我稱作小嘍囉的傢伙，其實都是比我上級的魔物。

而能夠輕易讓那些上級魔物無法行動的蜘蛛絲，實在是一個相當強大的技能呢。

要是沒有這個技能，我說不定早就沒命了。

雖然能力值很重要，但技能也很重要。

只要想到這裡，我就會希望能盡早讓鑑定變得能看到敵人的技能。

如果能夠連技能都看到，應該會讓戰鬥變得相當有利。

畢竟像我就是只要失去技能，就只剩下速度快這個優點。

如果敵人用火對付蜘蛛絲，或是用解毒藥讓毒牙失去效用，我就毫無勝算了。

喔喔。糟糕……技能防範對策太可怕了。要是跟做足準備的敵人戰鬥，我根本就只有死路一條嘛！

算了，反正我也不認為魔物會有那種智慧。

所以像我這種弱小的魔物才有辦法存活。

智慧果然很重要。不愧是人類最強大的武器。

我偷偷摸摸地前進。右邊沒問題！左邊沒問題！前方……發現目標！

〈艾爾羅甲蟲獸　LV7

能力值　HP：67／89（綠）　MP：21／21（藍）

SP：79／79（黃）　：54／85（紅）

能力值鑑定失敗〉

前方有一隻狀似巨大鼠婦的魔物。

明明身體像是鼠婦，頭卻像是老鼠。這傢伙到底是哺乳類還是昆蟲類啊？真希望牠能長得容易分辨一點……

雖然看起來也像是犰狳，但因為外表很噁心，我決定叫牠鼠婦。

既然是鼠婦，那牠捲起身體時的防禦力似乎會很高。

之前我跟烏龜型魔物戰鬥時，也因為對方躲進殼裡而費了一番力氣。

不過只要被我的絲抓住，牠就會在捲起身體前被我綁成肉粽。

事情就是這樣，準備投網。

看招！命中！

再來就是用操絲術來個五花大綁。

《滿足條件。取得稱號〈絲術師〉。》

《基於稱號〈絲術師〉的效果，取得技能〈操絲術ＬＶ１〉、〈斬擊絲ＬＶ１〉。》

《〈操絲術ＬＶ１〉被整合為〈操絲術ＬＶ５〉。》

《熟練度達到一定程度。技能〈操絲術ＬＶ５〉升級為〈操絲術ＬＶ６〉。》

哦？哦哦？我得到稱號啦！

絲術師……？是那個中二病患者聽了會心癢難耐的絲術師嗎？

等一下，鼠婦先生，我沒時間陪你玩了，讓我早點完事好嗎？

可以嗎？不行？不准給我說不！

事情就是這樣，我迅速賞牠一發毒牙，然後把屍體搬到岩石後方。

好啦，趕快來研究一下這次取得的稱號吧。

絲術師這個稱號的取得條件果然還是大量使用絲線吧？

嗯？既然如此，那就算我更早取得這個稱號，應該也不奇怪啊。

說不定還有其他條件……算了，就算思考已經拿到的稱號的取得條件，好像也沒有意義。

重要的是這個稱號有沒有用。

然後我確信了一件事，那就是這次得到的稱號很有用。

嗯，雖然這個稱號已經立下功勞，為我提升了操絲術的等級啦。

因為操絲術的重要性越來越高，所以等級能夠提升讓我非常高興。

光是這個原因，就讓這個稱號很有價值了。

不過，更讓我感興趣的是另一個技能。

斬擊絲。

你不覺得這是光聽就會讓人中二魂爆發的詞彙嗎？

簡單來說，這就是那個對吧？

就是可以用絲把敵人砍成碎片的那個對吧？

怎……怎麼可能！居然是看不見的斬擊！發生什麼事了！

我到底是被什麼東西砍到……！嗚……居……居然是絲！

應該連這種事都能辦到對吧？

哈哈。真是不錯，感覺好有趣。

嗯，就算無視於這種中二魂的浪漫，這應該也能讓我的戰力大幅提升。

畢竟我以前的攻擊手段就只有毒牙。

這下子，我總算又多了一種攻擊手段。

而且還是把我的主要武器——蜘蛛絲直接變成武器。

不對，我還沒做過鑑定，也還沒做過實驗，現在高興還太早了。

先鑑定看看吧。

〈斬擊絲：在絲上附加斬擊屬性〉

嗯，效果一如技能名稱。我還在想要是效果跟名稱八竿子打不著關係的話該怎麼辦呢。

總之，這樣我就少一個懸念了。

剩下的問題，大概就是這個技能可不可以用在蜘蛛絲上，還有能不能順利發動，以及等級1能發揮出多少效果了。

這種時候，我剛才解決掉的鼠婦就能派上用場了！好啦，乖乖當我的實驗品吧。

我先吐出蜘蛛絲。

剛開始時，我把韌度設為最大，並把黏性設為沒有。

我一邊朝向鼠婦的屍體揮出絲，一邊在心中默唸「斬擊絲」三個字。

喔，感覺好像有順利發動技能喔。

絲被鼠婦的屍體彈開。

嗯……等級1果然只有這種程度的威力。

啊，不過屍體上留下了一點傷痕。以等級1而言，這種威力應該算足夠了吧？

畢竟在此之前的等級1技能，幾乎都只有若有似無的效果，而這個技能等級1時就能傷到看似堅硬的鼠婦，我覺得效果已經算相當不錯了。

不知道發動這個技能時需要消耗什麼？我的MP有減少嗎？MP好像……沒有減少。

因為過食的影響，我的SP根本不會減少，所以看不太出來。

不過，只要想到毒合成和其他技能，我就覺得應該不會有不需要消耗任何東西這樣的好事。

這麼一來，雖然紅色計量表看起來一點都沒有減少，我想實際體力肯定有稍微減少。

雖然在正常情況下，我無從得知使用這個技能會消耗多少體力，但性價比感覺似乎不錯。

再說，由於過食這個技能，我的紅色計量表以後都能撐很久，這樣應該算是好事吧。

接下來，我試著讓絲附帶黏性。

然後跟剛才一樣攻擊鼠婦。

嗯？嗯……雖然技能有順利發動，但完全沒造成傷害。

不過這還在我的預料之中。

我用蜘蛛絲做了許多實驗，結果發現能夠客製的項目是有限的。

比如說，如果把黏性設為最強，就很難同時附加彈性。

雖然不是辦不到，但效果會減弱。

也不是不能讓絲同時附帶黏性和鋒利性，但感覺不太可能實現。

不過，斬擊絲還是相當棒的技能。非常適合我的戰鬥風格。

我應該盡快提升這個技能的等級才對。

事情就是這樣啦，鼠婦先生。

雖然不忍心鞭屍，但還是要請你陪我練等了。

我不斷地用斬擊絲打在鼠婦先生身上。

我靠著凌虐鼠婦先生，把斬擊絲的技能練到等級3。

其實我還想把等級練得更高，只是鼠婦先生已經變成拿掉馬賽克就不能出現在小說上的狀態，才逼不得已放棄。

等級3也沒辦法造成太大的損傷，但這就是所謂的「聚沙成塔」吧。

鼠婦先生，我想我一輩子都不會忘記你了。

當然在這之後我還是吃了牠，還是照慣例一樣難吃就是了……

仔細想想，其實我根本就不必拿鼠婦先生來練級嘛。

只要隨便找一顆岩石來打就行了。

哎呀，難不成鼠婦先生白白挨打了嗎？

不不不……能夠化為我的熟練度，在天國的鼠婦先生肯定會高興落淚才對。

咦？沒天良？我聽不懂你在說什麼耶。

我突然感受到某個傢伙的氣息，趕緊回頭一看。

〈巨口猿　LV8　能力值鑑定失敗〉

這是我第一次見到的魔物。那是身長高達兩公尺左右的猿猴型魔物。

因為能力值鑑定失敗，所以可以的話，我想選擇逃跑。但既然被牠發現，我也沒辦法這麼做了。再說，看這隻猿猴的眼神，牠應該也不打算放過我。

猿猴衝了過來。牠筆直衝向我的速度相當快。

我趕緊吐出蜘蛛絲迎擊，但猿猴跳向旁邊輕鬆躲開。

不會吧！

猿猴趁著我看到傻眼的空檔，縮短距離。

即使我再次吐出蜘蛛絲，也同樣被牠輕鬆躲過。

逼近眼前的猿猴以大動作揮舞手臂。

我迅速切斷連在屁股上的蜘蛛絲，閃躲猿猴揮過來的手臂。

讓人無法想像是從那條細長手臂發出的誇張破風聲在我眼前響起。

糟糕。要是被這種攻擊打個正著，只要一擊就能讓我升天了。

就能力值而言，這傢伙還沒到我無法應付的等級，但仔細想想，即使是上層的魔物，在正面對決的情況下，我還是會有危險。

就算被我避開第一下攻擊，猿猴也沒有放棄，繼續胡亂揮舞手臂。

雖然動作難看且毫無章法，但具有一擊必殺威力的拳頭不斷揮向自己，實在是可怕無比。

我可不是職業拳擊手，就算是外行人的拳頭也會害怕啊！

呀啊啊啊！我一邊在心中如此呼喊，一邊拚命閃避拳頭。

《熟練度達到一定程度。取得技能〈閃避LV1〉。》

拜拚命閃躲所賜，我得到新技能了。

在此同時，猿猴好像因為攻擊一直打不到而惱火，氣得揮出動作更大的攻擊。

機會來了！

我避開猿猴以大動作揮出的拳頭，把蜘蛛絲纏到牠揮出攻擊後停下動作的手上。

哇哈哈哈！這樣一來你就完蛋啦！怎麼樣？後悔了吧！

咦？

我的身體像是噴出的軟木塞一樣飛向空中。

嗚哇！

猿猴居然把纏在手上的絲跟我一起丟了出去。

糟糕！

我立刻切斷連在身上的蜘蛛絲。如我所料，猿猴果然把蜘蛛絲砸在地上。

要是沒有切斷蜘蛛絲，我的身體就會被砸在地上。

不過，我在千鈞一髮之際成功逃過一劫。

而且因為蜘蛛絲黏在地上，結果猿猴再也動彈不得了。

在空中調整姿勢的我漂亮著地。10分！

雖說被丟到空中，但幸好高度不是很高，所以我落地時幾乎沒受到傷害。

即使有一半算是猿猴自己搞砸，但我還是贏了。

我繼續把絲纏在猿猴身上，在牠完全動彈不得後，照慣例用毒牙給牠一個痛快。

猿猴最後用非比尋常的凶狠眼神瞪了我一眼，而且還大吼一聲，但是牠沒有多做抵抗，就這樣嘛下最後一口氣了。

《經驗值達到一定程度。個體——小型蜘蛛怪從LV3升級爲LV4。》

《各項基礎能力值上升。》

《取得技能熟練度等級提升加成。》

《熟練度達到一定程度。技能〈集中LV1〉升級爲〈集中LV2〉。》

《熟練度達到一定程度。技能〈投擲LV1〉升級爲〈投擲LV2〉。》

《熟練度達到一定程度。技能〈命中LV1〉升級爲〈命中LV2〉。》

《取得技能點數。》

打敗猿猴讓我提升等級，而且還一口氣提升了三個技能的等級。

因為都是樸實但有用的技能，我還挺開心的。

即使等級提升也還是一樣，除了速度之外的能力值都很低。

要是沒有韋馱天這個技能，就連速度的能力值都會很低，這樣一來我的優點就只剩下絲了。

韋馱天大人萬歲！

雖然提升許多能力讓我很開心，但也不能太過悠哉。

畢竟沒人能夠保證，不會有其他魔物被吸引過來。

總之，先吃掉猿猴再說吧。

嗯，這傢伙沒有毒，吃起來也不會苦。不過牠有一種獨特的臭味，所以果然還是不好吃。

前世的牛和豬實在是太偉大了。

雖然體力已經補滿，但多虧有過食這個技能，讓我吃下的東西完全不會浪費，這種感覺還真是不錯。

這個技能的名稱乍看之下好像有負面效果，害我當初提防了好一陣子，結果是個相當好用的技能呢。

我之前也說過，其實我相當依賴體力。

不管是要吐絲還是奔跑都必須消耗體力。

因此，能夠儲存額外體力的這個技能非常適合我。

如果可以使用魔法，或許就能減輕體力的負擔，但就算強求沒有的東西也毫無意義。

話說回來，這種猿猴還真強。

因為我這陣子完全仰賴偷襲戰術，已經好久沒有像這樣硬碰硬打鬥了。

下層的魔物果然很可怕。猿猴在其中已經算是能力值比較弱的魔物，但還是能跟我打得不相上下。

好啦，猿猴也吃完了，趕快去其他地方吧。

魔物圖鑑

file.05

鱷嘴猿

LV.01

status【能力值】

HP

600 ／ 600

MP

100 ／ 100

SP

588 ／ 588

564 ／ 564

平均攻擊能力：559

平均防禦能力：531

平均魔法能力： 97

平均抵抗能力：106

平均速度能力：548

skill【技能】

「投擲LV6」「命中LV6」「立體機動LV6」「聯手合作LV6」「過食LV1」「休息LV1」

俗稱巨猿。巨口猿的進化種，擁有狀似巨大鱷嘴的嘴巴。雖然偶爾會混在巨口猿的集團之中，但彼此之間不會聯手作戰。身為其下位種的巨口猿擁有「復仇」這個特殊技能，在死亡之前都會對危害同伴的敵人不斷發動攻擊，但只要進化成鱷嘴猿後，就會失去「復仇」和「憤怒」這兩個技能。雖然有人懷疑牠們是為了維持種族存續才會捨棄這兩個技能，但沒人知道真相究竟如何。個體的危險度是接近B的C。

S8 妖精少女

我被父親大人召見。

而且還是跟卡迪雅一起。

不知為何，他還吩咐我把菲也一起帶來。

我們不明白這次召見所為何事，心中滿是疑惑。

「該不會……是要講婚約的事情吧？」

「婚約？誰的？」

「當然是我跟你的。」

卡迪雅突如其來的話，讓我啞口無言。

「不……不可能吧。」

『怎麼？難不成妳對ＢＬ覺醒了嗎？』

「雖然對我們來說是這樣，不過在旁人眼中又如何呢？不但年紀相同，家世也匹配的年輕男女，而且兩人之間的感情看起來也不錯。就算旁人想要趁早讓我們訂下婚約也不奇怪吧？」

經她這麼一說，這件事或許真的有可能發生。

因為我也是王室的一員，而卡迪雅是名門公爵家的大小姐。算得上是門當戶對。

「可是……妳覺得這樣好嗎？」

「不可能覺得好吧。跟男人結婚這種事，我根本不敢想像。不過，反正這件事遲早會發生，我也不得不作好心理準備不是嗎？」

「妳……原來想了這麼多啊……」

「你很失禮喔。可是老實說，比起不認識的人，跟你訂下婚約要好得多了。因為你知道我的狀況，在逼不得已的情況下，雖然會有些不光彩，但也可以解除婚約。」

原來還有這招啊……

雖然我之前從來沒想過婚約的事，但我畢竟也是王室的一員，不管什麼時候有這種事情找上門都不奇怪。

既然如此，那跟彼此都不會把對方當成對象的卡迪雅訂下婚約，說不定反而比較方便。

除了一件事之外……

「可是……你打算怎麼處理蘇的事？」

「啊……」

沒錯。

我妹妹蘇不會放過任何接近我的傢伙。

就連在蘇眼中應該只是隻寵物的菲，都會被她用充滿殺意的眼神狠瞪。

老妹啊，只要在生物學上屬於雌性，就連不是人類的生物也是妳嫉妒的對象嗎？真想跟她好好問個清楚。

但她的可怕之處，就是即使被我如此逼問，也八成會面不改色地反問：「這不是理所當然的事嗎？」

雖然她最近變得比較願意接納卡迪雅，但要是我們真的訂下婚約，可沒人知道她會做出何種反應。

「如果事情真的變成那樣，我搞不好會被那女孩殺掉……」

「妳也說得太誇張了吧。」

「……我覺得這件事很有可能發生。」

『與其說很有可能，倒不如說……對吧？』

雖然蘇成長為有點那個的女孩，但也不至於這麼可怕吧。

就在我們討論著這些事時，一名男性和另一名小女孩走進了接待室。

我和卡迪雅和菲看向走進來的兩人，驚訝地半張著嘴。

因為那兩人的耳朵比人類還要長。

「您好，初次見面。我是這次被派來這個國家的妖精族親善大使，名叫波狄瑪斯・帕菲納斯。請你們兩位過來的人是我。今後還請多多指教。」

這名男子——妖精波狄瑪斯用平淡的語氣自我介紹。

我還是第一次見到妖精。

雖然知道妖精的存在，但是像這樣見到真貨後，我的心中才湧現出這裡果然是異世界的實感呢。

「嗯。果然有。」

在某種令人不悅的感覺傳來的同時，波狄瑪斯瞇細雙眼：

「岡，這兩個人和這隻魔物都有那東西。再來就交給妳了。」

「好好好，我知道了～」

「那我先告辭了。」

「辛苦你了～」

波狄瑪斯就這樣迅速走出房間。

被留下的我和卡迪雅只能茫然地看著他離去。

因為我們都還來不及自我介紹，他就馬上走掉了。

我們不知道該如何是好，轉頭看向剩下的那位小女孩。

「嗯嗯。那麼，我們就來自我介紹吧。我現在的名字是菲莉梅絲·帕菲納斯，今後還請多多指教。」

我和卡迪雅面面相覷。

即使這麼小的女孩做了自我介紹，我們也不曉得之後該怎麼辦。

「老師覺得聽到別人自我介紹後，自己也立刻自我介紹是一種基本禮儀喔。你們不這麼認為嗎？」

「失禮了。我是這個國家的第四王子，名叫修雷因．薩剛．亞納雷德。」

「我是亞納巴魯多公爵家長女，名叫卡娜迪雅．賽莉．亞納巴魯多。」

在女孩的催促之下，我們趕緊自我介紹。

「嗯嗯嗯。原來是王子陛下跟公爵千金啊……真好，萌死人了～」

這句話讓我愣住了。

不管是剛才那種奇怪的說話方式也好，還是舉動也罷，這女孩的一切都跟我認識的某個人如出一轍。

在我身旁的卡迪雅似乎也有同樣的想法，驚訝地睜大雙眼。

「難不成妳是……岡姊！」

「不可以隨便叫老師姊姊喔，不過妳答對了。」

站在眼前的少女正是我們前世的班導——外號岡姊的岡崎香奈美老師。

被學生暱稱為岡姊的這位老師，是個相當糟糕的人。

因為喜歡模仿學生時期愛看的漫畫的角色語氣，結果就這樣改不回來了。

她還受到戰國漫畫的影響，在升學時選擇以歷史系聞名的學校。

而且還策劃了逆光源氏計畫，並因此成為學校老師。

可說是一位相當糟糕的老師。

只不過，這些糟糕的地方反而讓她在學生之間大受歡迎。

「然後呢？那邊那個偽裝成寵物的傢伙不自我介紹一下嗎？」

『嗚！妳發現了？』

「早就發現了。話說，都已經專程把妳叫來這裡，我還以為妳會明白我的用意呢。」

菲露出相當不情願的表情。

上課態度不佳的菲，經常在上課時被老師處罰。

她說不定就是因為這樣才有些怕老師吧。

『嗚嗚……我叫菲倫。』

「嗯，妳做得很好。」

老師溫柔地輕撫菲的小腦袋。

菲露出不太情願的表情任憑她摸。

「那麼，老師為什麼會來到這個國家？」

「當然是因為知道你們三個在這裡啊。你們引起了不小的話題喔。大家都說亞納雷德王國出了好幾個非常不得了的天才。」

我們用日語跟久違重逢的恩師聊天。

而且已經把前世的名字告訴她了。

不過在聽到卡迪雅的名字時，就連她也忍不住睜大雙眼，然後馬上半開玩笑地喊著：「萌死人了～」

「妳是專程來見我們的嗎？」

「是啊。」

『那個……雖然我能理解妳知道他們兩人在這裡的理由，但妳是怎麼發現我的真實身分？我記得我這隻寵物沒做過會引人矚目的事情吧。』

「妳還真不知道自己有多特別耶。妳的事蹟已經傳開來了喔。大家都說天才王子飼養的寵物也是天才。」

『咦？是這樣嗎？』

「是啊。一般的魔物才不會乖乖聽從沒有調教技能的人類的命令，而且寵物跟主人一起鍛鍊身體的光景可不尋常喔。」

『啊，說得也是。我太大意了。』

雖然城裡發生的事被外人知道並非好事，但人的嘴巴本來就封不住。

「我的目的並不是只有來找你們，但我畢竟是個老師啊。我覺得還是有必要確認一下學生安全與否。不過，早在我們轉生的那一刻起，就已經沒有什麼安不安全可言了。」

老師半開玩笑地這麼說，但我覺得她的想法很了不起。

我滿腦子就只想著該如何在這個世界活下去。

雖然曾經懷疑過其他同學也來到這個世界的可能性，但根本沒想過要找尋他們。

「畢竟這個世界跟日本不一樣，到處充滿危險。如果可以加以保護，那當然是早點這麼做比較好。」

這也是我不曾想過的事情。

因為這個世界有魔物這種東西，仔細想想，這根本就是理所當然的事，我卻因為自己的處境很安全，就擅自認定其他同學也很安全。

我明明就聽說過菲差點死掉的事，卻覺得事不關己。

「那老師是來保護我們的嗎？」

「不不不，因為你們三人的身分，讓我沒辦法隨便帶走你們。基本上，我只會在本人希望如此時，將同學們帶到妖精之里加以保護。」

「也就是說，妳已經找到好幾個人了嗎？」

「對。妖精之里有十一個人，如果加上你們三個，我已經成功接觸的其他學生一共有六個人。另外，我還查到了兩個人的所在位置，之後就會去找他們。」

我們班上有二十五名學生。

也就是說，還有六個人下落不明。

反過來說，表示只有六名學生依然下落不明。

在這個廣大的世界中找出這麼多學生，肯定不是件容易的事。

「老師，沒想到妳願意為我們做到這種地步。」

「這是我身為老師的義務。再說，因為絕大多數的學生都是在人族的領域中轉生為人類，所以找起來沒那麼困難啦。」

『絕大多數的學生都是人類……』

老師的話讓菲大受打擊。

我只能告訴她別太在意。

雖然老師說得很輕鬆，但她顯然付出了不少勞力。

我再次向老師低頭致謝。

「雖然還有很多話想說，但老師也馬上就要到這個國家的學校就讀了。到時候，我們再來聊些更深入的事情吧。」

我和卡迪雅也馬上就要到那所學校就讀。

因為校規允許攜帶寵物，我也打算帶菲一起去。

我們即將展開全新的生活。

12 地上一百公尺的攻防戰

啊……好想睡。我的睡意已經強到不容忽視的地步了。

沒想到不利用簡易版的家，直接露宿野外會這麼累人。

我原本還以為能再撐一陣子，但差不多該認真想個能夠熟睡的方法了。

話雖如此，如果這麼簡單就能熟睡，我也不會一直強行探索到睡眠不足的地步。

雖然覺得地龍不至於追到這裡，取而代之的是周圍到處都是強敵的狀況呢。

如果只是簡易版的家，很有可能會被突破。

但我也不能因為這樣就認真築巢。

我不打算在這裡久留，只想盡早逃離這個鬼地方。

為此，我不能製作太花時間的家。

這麼一來，只會得到製作簡易版的家這個結論，但我不確定簡易版的家對棲息在這裡的魔物有沒有用；結果事情又回到原點了。

到底該怎麼辦才好呢……我用昏昏欲睡的腦袋努力思考。

只要動點腦筋，簡易版的家是不是也足以應付這個情況呢？

比如說，不要隨便找個地方搭建，而是躲在不容易被發現的地方搭建。

話雖如此，即使這裡有不少岩石，但都不是能夠放心躲藏的地方。

不，等一下，其實就算我不躲起來也行吧？

只要讓其他魔物沒辦法襲擊我就行了吧？

既然如此，那我想到一個好地方了。

我迅速前往那個地方，沿著牆壁一直爬到天花板。

哇塞。好高。嚇死人了。這樣我有辦法放心睡覺嗎？

不過，目前為止我還不曾在這一帶看過會爬牆或是飛行的魔物。

啊，田螺蟲算是例外啦。

自從來到這個寬廣地區後，我就不曾見過蜜蜂了，如果在天花板和牆壁之間建造簡易版的家睡在裡面，應該會很安全。

事情就是這樣，趕快來動手築巢吧。

嗚哇……真的好高。地上一百公尺，差不多有幾層樓高啊？

摔下去必死無疑。

不過我有保命繩，應該不會摔下去，但這樣毫無保護地築巢還是很可怕。恐懼抗性還不快點給我工作！

《熟練度達到一定程度。技能〈恐懼抗性ＬＶ5〉升級爲〈恐懼抗性ＬＶ6〉。》

對不起，我不該擺架子的。

拜託不要在這種絕妙的時間點吐槽我啦。啊……嚇死我了。

我先把外圍骨架做好。

嗯……可是這樣看起來有點顯眼耶。

要是被地龍的吐息攻擊之類的遠距離攻擊打中，不就完蛋了嗎？

果然還是該隱藏一下。

能不能利用地上的岩石呢？

我暫時回到地面上，隨便找了塊岩石。嗯……這樣好像太大了。

這個有辦法稍微加工一下嗎？不知道斬擊絲能不能把岩石切開。

我把絲綁在岩石上，發動斬擊絲，然後使勁一拉。嗯……雖然稍微切開了點，但好像還是不行。

要是把絲當成線鋸來用不知道行不行？喔，雖然速度不快，但是有一點一點鋸開了。

《熟練度達到一定程度。技能〈斬擊絲ＬＶ３〉升級爲〈斬擊絲ＬＶ４〉。》

拜技能等級在鋸石頭的過程中提升所賜，工作效率提升了不少。

很好，切割成薄片的岩石完成了。

我要把這些岩石黏在巢的表面，作為偽裝。

我把絲牢牢綁在岩石上。

然後帶著絲爬到位於地上一百公尺的巢。

很好，再來只要把絲拉上來就行了。

哼！好……好重！嗚嗚嗚嗚……我要運用體重。嘿呀！

《熟練度達到一定程度。技能〈強力LV2〉升級爲〈強力LV3〉。》

強力的技能等級在途中提升了。雖然有提升，但還是好重。

爆發力和持久力也消耗得很凶啊！好難受！

《熟練度達到一定程度。取得技能〈爆發LV1〉。》

《熟練度達到一定程度。取得技能〈持久LV1〉。》

我好像得到新技能了，不過我現在沒時間確認！

喝啊，我拉！

哈……呼……哈……

我總算成功把岩石拉上來了。

嗚哇，仔細一看，過食技能額外儲存的體力已經用完，計量表開始減少了。

唉……難怪我會覺得那麼辛苦。

咦？奇怪，我明明是想找個能輕鬆放心睡覺的方法，為什麼會做這種粗重的體力勞動啊？

嗯……？算了，想太多就輸了。嗯。

我的辛苦沒有白費，黏在巢上的岩石完美地把我隱藏起來了。

再來只要順手把床做好……

完成啦！

喔喔，舒服舒服。

啊～躺在絲裡就是讓人安心。這就是我要的。果然沒有這個床，我就沒辦法放心睡覺。

啊，還得在睡前確認新技能的效果才行。

〈爆發：技能等級的數值會變成SP（爆發）的加成〉

〈持久：技能等級的數值會變成SP（持久）的加成〉

啊……是SP版的強力和堅固嘛。

我原本只有40點的兩種SP都提升到41點了。因為體力很重要，所以這對我助益很大。

很好，既然已經確認過技能，搬完岩石的我也累了，那就睡覺吧！

感覺可以久違地睡個好覺，我要盡情地睡個過癮。

事情就是這樣，晚安嘍。

啊……睡飽了。嗯，睡得好滿足。

不過，這是怎麼回事？

我明明還打算多睡一段時間，為什麼會突然醒來？

嗯……？我怎麼覺得全身汗毛直豎，感覺有點不妙。

我從岩石之間偷偷探頭看向下方。

《巨口猿　LV6　能力值鑑定失敗》

《巨口猿　LV3　能力值鑑定失敗》

《巨口猿　LV8

能力值　HP：165／168（綠）　MP：38／38（藍）能力值

SP：127／127（黃）：109／118（紅）

能力值鑑定失敗

《巨口猿　LV5　能力值鑑定失敗》……

一大群猿猴在下方布陣，隨便一算也至少超過五十隻。

咦？騙人的吧？

那些傢伙確實有發現我在這裡。

為什麼！

我的岩石偽裝應該很完美才對。我也從外面確認過了，所以非常肯定。

乍看之下，應該只像是稍微凸出來一點的牆壁啊。

到底為什麼會被發現？

我能想到的原因，就是之前被我擊敗的同種類猿猴。

難道那傢伙做了什麼嗎？例如留下特殊的氣味？我想不到原因。

不過，現實是猿猴們已經準備好要對付我了。

牠們好像隨時都會沿著牆壁爬上來一樣。不對，牠們已經開始爬了。

嗚哇，糟糕了！

就算是猿猴，攀爬垂直的牆壁好像也不是件容易的事，以至於牠們攀爬的速度相當緩慢。

看樣子，牠們得花上幾分鐘才能爬到這裡。

我也得在這段期間採取某些行動才行。

這種時候的最佳選擇應該是沿著天花板逃跑吧。

想也知道我不可能有辦法跟那麼多猿猴正面對決。

好，既然已經決定，那就趕快逃跑吧。

咦？天花板的顏色在途中改變了耶。不會吧！有夠滑耶！

絲也幾乎黏不上去！怎麼會這樣……

在距離牆壁一兩公尺左右的地方，天花板的岩質就改變了。

別說是我的腳，就連黏性設到最高的絲都幾乎黏不上這種光滑的岩石。

看樣子是沒辦法沿著天花板逃跑了。

既然如此，就只能沿著牆壁往旁邊逃跑。

雖然我覺得那些傢伙八成會追過來，但這種時候就要比毅力了。

好，走吧……鏘！嗚喔！怎麼回事！石頭！

嗚哇……那些傢伙居然朝我丟石頭！

話說，這裡離地面明明就很遠，牠們居然有辦法丟到！

嗚哇，又丟過來了！

我趕緊躲到岩石後方。我原本所在的位置在下一瞬間被石頭擊中。

果然是從地上直接丟到這裡的石頭，看起來不是很有威力。

不過，要是在垂直爬在牆壁上的狀態下被擊中，我多半會被擊落。

從牠們有辦法準確丟中我原本位置的情況看來，牠們應該擁有投擲或是命中，也可能同時擁有這兩個技能。

一股寒意竄上背脊。

看來是逃不掉了。我該怎麼辦？不，剩下的路只有一條。我只能選擇迎戰。

雖說只是簡易版，但幸好我還有家這個武器。

我只能在那些猿猴抵達之前，盡可能強化這項武器準備迎擊了。

即使同樣都是爬在牆壁上戰鬥，但這次和對付蜜蜂那時不同，對方也沒有地利。

而我擁有簡易版的家，能夠把家當成踏腳處和要塞來用，反倒是占據了地利。

看來只能硬拚了。

我先灑出一大堆絲，然後用操絲術黏在牆壁上。

雖然很單純，但這樣應該會讓牆壁變得難爬才對。

因為還要一邊閃躲敵人丟過來的石頭，所以工作進度相當緩慢。

當我做著這些事時，爬上來的第一批猿猴已經爬到牆壁中間的地方了。

糟糕。猿猴爬牆的速度比我預期中還要快。

就憑我剛才撒出去的絲，還不足以阻擋所有猿猴。

我該怎麼辦？

真是的……有什麼東西能夠讓我攻擊對方？

我已經有投擲和命中這兩個技能了，只要有能夠丟出去的東西就行了……

啊，雖然不能丟，但我有可以往下滴的東西啊！

我從岩石之間探頭出來，發動毒合成這個技能。

我合成的當然不是弱毒，而是我在至今為止的蜘蛛生涯中鍛鍊出來的強力毒素——蜘蛛毒。

出現在我眼前的蜘蛛毒水球被重力拉向下方。

爬在牆壁上的猿猴沒辦法閃躲水球。

水球漂亮地命中臉部，猿猴一邊痛苦掙扎，一邊摔向地面。

這招行得通！

我迅速確認消耗的ＭＰ。消耗的ＭＰ只有１。也就是說，我最多可以射出四十發毒水球。如果考慮到使用操絲術的消耗量，大概可以發射二十五發左右吧。

如果每一發都能命中，就能擊敗將近半數的猿猴！

我立刻丟下第二發毒水球。這一擊也成功命中，猿猴往下摔落。

繼續攻擊吧。這種情況下，就是要趁能擊落敵人時盡量擊落。

《熟練度達到一定程度。技能〈毒合成ＬＶ１〉升級爲〈毒合成ＬＶ２〉。》

技能等級提升了，但還是晚點再確認吧。

反正新增的毒也不會比蜘蛛毒更強。

我成功擊落不少猿猴，可是猿猴也開始採取對策了。

牠們開始橫向移動，躲避到巢的正下方附近。

趁著牠們還沒完全移動到巢底下之前，我盡可能地丟下毒水球。

《熟練度達到一定程度。技能〈命中ＬＶ２〉升級爲〈命中ＬＶ３〉。》

很好。猿猴很順利地一隻接著一隻被擊落。

不過，還是有不少猿猴成功躲到巢底下。

看來不能繼續使用滴毒液這招了。

因為ＭＰ的殘量也所剩不多，說不定是時候就此打住。

我往躲到巢底下的猿猴前進的方向射出絲。

這場戰鬥才剛要開始而已。

猿猴在牆壁上攀爬。

我利用操絲術把黏性絲黏到猿猴前進方向的牆壁上。

糟了。ＭＰ的剩餘量讓人有些擔心，或許我用太多ＭＰ在毒合成上了。

要是真的用盡ＭＰ，就只能不靠操絲術繼續奮戰了。

因為石頭飛了過來，我迅速躲到岩石後方。

留在地上的猿猴不斷朝著我丟石頭。

雖然就算被擊中也不會造成致命傷，但這些攻擊實在很煩人。

打前鋒的猿猴闖進我黏好的黏性絲區域。

被黏性絲黏住的猿猴們當然停下了動作。

如果前鋒就這樣動彈不得，後面的傢伙就會被擋住，讓我爭取到一些時間……什麼！

那些傢伙居然把同伴的身體當作墊腳石繼續爬上來！

雖然黏性絲區域還有一大段，看樣子會比我預料的還要早被突破！

可惡！現在不是能保留戰力的時候了！

我朝向聚集了好幾隻猿猴的地方丟出投網。

然後放著被投網抓住的猿猴不管。

牠們越是掙扎，黏性絲就會纏得越死，讓牠們更加動彈不得。

如果在敵人前進的方向上有這些被抓住的猿猴，應該能成為不錯的障礙物。

對於被絲抓住的猿猴，我基本上都是選擇放著不管。

因為根據這些猿猴的能力值，我判斷那些傢伙沒辦法掙脫我的絲。

這次我並沒有使用斬擊絲。

我要採用最確實的戰法，用黏性絲封住所有猿猴的行動。

之後再來慢慢解決牠們就行。

我丟出第二發投網，又有幾隻猿猴被抓住了。

正當我打算丟出第三發時，一顆石頭朝我飛了過來。我連忙躲開。

可惡，敵人掩護同伴的時機抓得真好。

而且猿猴們似乎在提防我的投網，還開始往左右兩側散開，避免被我一網打盡。這樣就算我使用投網，也只能抓到一兩隻猿猴。

這些傢伙跟之前的魔物不一樣，腦袋很聰明！

既然這麼聰明，就快點發現我這獵物根本不值得你們這樣大動干戈啊！

就算幹掉這麼小隻的蜘蛛，你們也什麼都得不到不是嗎？

不過，猿猴們身上散發出無論如何都要擊敗我的氣勢，朝著我不斷逼近。

不要這樣嘛，這麼熱情很恐怖耶。拜託你們把這種熱情用在其他地方啦。比如說〇〇〇（消音）之類的。

因為猿猴們往左右兩側散開，我不得不把絲撒得到處都是。

操絲術能省就省。要是在這種狀況下用盡ＭＰ，情況就變得相當危險。

為什麼我不選擇躲在簡易版的家裡呢？那是因為這裡是離地上一百公尺的高空。

我的絲確實很厲害，但絕對不是所向無敵。不但怕火，還曾經被地龍輕易轟飛。

雖然擁有強大的防禦力，但若受到更強大的力量攻擊，也還是會被突破。

我不認為猿猴有那種力量。

如果是在地上，我毫無疑問會選擇死守，不過這裡可不是地上。

萬一猿猴攻擊簡易版的家，身體被網子纏住的話……

猿猴的體重當然就會變成一種負擔。

萬一有好幾隻猿猴被網子纏住，而簡易版的家承受不住這些負擔……

簡易版的家沒有地基，單純是用黏性黏在天花板和牆壁之間而已。

雖然足以支撐我和岩石的重量，但我不知道它到底能夠承受多少重量。

我也想過利用繼續擴建來增加穩定性的策略，但最後還是選擇了不讓猿猴接近的策略。畢竟就算繼續擴建，也只是增加巢能夠負荷的重量。

即使如此，或許我應該先考慮一下猿猴的數量。

我早該在一開始時就想到這個問題。

為什麼這麼說？當然是因為猿猴的數量一直沒有減少啊！

我原本以為是被毒液擊落的傢伙沒摔死，但牆壁正下方確實有一堆疑似摔死的猿猴屍體。

牠們也不像是死而復生。

事情很簡單，就只是猿猴的數量變得比開始時還要多了。

也就是所謂的援軍。哈哈哈，不知那些傢伙是從哪裡冒出來的，數量還在不斷增加。剛開始時明明只有五十隻左右，但現在至少超過原本的一倍；而且還在繼續增加。看不到終點的馬拉松實在太恐怖了。

我該怎麼辦？到底該怎麼辦？不光是ＭＰ，就連紅色計量表都快要見底了。

畢竟我從剛才開始就一直在吐絲。

體力用盡就完蛋了，因為我會再也無法吐絲。

無論如何都必須避免這樣的情況發生。

我舉起蜘蛛流星錘。

目標是距離這裡最近的猿猴。

我使勁一丟。打中了。

很好，就這樣靠著黏性把牠硬拉上來。

我迅速用絲捆住想要掙扎的猿猴，然後賞牠一發毒牙。

我在這個過程中被石頭丟中。

好痛！可是ＨＰ只減少了５點。

如我所料，從地上到這裡的距離太遠，丟過來的石頭不會有太大的威力。

雖然很痛，但我靠著痛覺減輕和疼痛無效的效果硬是撐了過去。

我用毒牙了結猿猴的生命。

然後直接吃掉！

速度是這項工作的關鍵，我得快點解決這件事，回到戰場上才行。

猿猴們還在跟黏性絲苦戰。雖然牠們大多都被絲黏得無法動彈，但被黏住的猿猴身體也慢慢化一條通道，踏實地朝我這邊逼近。

體力恢復之後，我又故技重施了一次。不過，還是把這當成是最後一次會比較好。

所以我要盡快把這傢伙吃個精光，把牠的一切全都化為我的食糧！

呼啊！我吃完了！

總覺得猿猴們的殺氣變得更強烈……管他的！

只有我能吃你們！誰要被你們這些傢伙吃掉啊！

我拚命地把絲撒到周圍。

《熟練度達到一定程度。技能〈集中ＬＶ２〉升級爲〈集中ＬＶ３〉。》

因為我的精神相當集中，集中的技能等級提升了。

這種事現在不重要，我真的開始沒有餘力了。

在我的下方，全身是絲的猿猴們堆成了一團。

但猿猴的數量還是沒有減少，反倒是依然不斷增加。

雖然無法行動的猿猴也變多了，但援軍的數量還要更多。

彷彿這個地區裡的猿猴全都聚集過來了一樣。

ＭＰ也只剩下２點。

我不知道當ＭＰ完全歸零時會有什麼不好的影響，所以我不能再使用ＭＰ；操絲術已經完全無法使用了。

不過這件事沒有造成太大的影響。

因為猿猴的前鋒已經逼近眼前了。

敵人來到不需要使用操絲術的距離。

我吐出絲，又一隻猿猴被絲纏住身體。

而且那傢伙還做出令人難以置信的行動。

牠跳下去了。

猿猴隨著沉重的聲響重重摔在地上。從這種高度跳下去，就算是魔物也不可能活命。

猿猴們將把自己摔死和因動彈不得而擋住同伴的路這兩件事放在天秤上衡量，最後選擇了死亡。

太誇張了。

牠們違背常理的異常行為，讓我不寒而慄。

如果繼續迎擊，猿猴們說不定遲早會放棄——我一直懷著這種淡淡的期待，但這個期待被徹底粉碎了。在殺了我之前，猿猴們絕對不會停手。這場戰鬥只有兩種結局，不是我殺光猿猴，就是猿猴們把我殺掉。

石頭朝我飛了過來，可是我已經不再閃躲，根本無暇閃躲。

石頭砸中我的身體，ＨＰ減少了。儘管如此，我還是靠著痛覺減輕和疼痛無效的效果無視攻擊。

減少的ＨＰ就交給技能去自動恢復吧。

就連被石頭砸中的瞬間，我也繼續把絲撒向周圍。

如果我不這麼做，就沒辦法度過這個難關。

在我心中的某處存在著看輕猿猴們的想法，認為牠們比起地龍根本不算什麼。

的確，如果跟地龍比的話，絕大多數的敵人都不算什麼。

不過，這並不表示我可以輕視這些敵人。

我真是個笨蛋。難道我忘記自己有多麼弱小了嗎？跟弱小的我相比，周圍的敵人可以說全部都是強敵。我怎麼會覺得自己在對付一群小嘍囉？

而且即使面對我這個遠遠遜於自己的敵人，對方還是懷著不惜一死的決心拚命攻擊。

比我強大的魔物都已經賭上性命了，我怎麼可能輕鬆度過這個難關。

事到如今，我也必須下定決心，拚命迎戰了。

石頭再次丟中我的身體。

一瞬間，真的只有一瞬間，我被那股衝擊嚇到了。

其中一隻猿猴終於趁機抓住我的腳。

儘管大半身體都被絲纏住，牠依然用唯一還能活動的右手抓住了我。

我的腳發出讓人感覺不太舒服的刺耳聲音。

我忍著腳隨時都會被握碎的疼痛，將毒牙刺進抓住我的腳的手。

猿猴用盡力氣和我的腳被從中扯斷這兩件事，幾乎是在同時發生。

好痛，超級痛，即使擁有痛覺減輕的效果也還是很痛。

不曉得ＨＰ自動恢復這個技能能不能修復缺損的肢體？還是說，要等到等級提升後才能恢復呢？

不過，現在可不是擔心失去的腳的時候。

剛才的攻擊讓敵人爭取到不少時間。

馬上就有別隻猿猴爬上來。

我吐出絲。心裡有些焦急，因為剩下的體力又減少了。

以身體承受絲的猿猴就這樣墜入虛空之中。

我沒有確認牠的下場，立刻繼續吐絲。

《經驗值達到一定程度。個體——小型蜘蛛怪從LV4升級爲LV5。》
《各項基礎能力值上升。》
《取得技能熟練度等級提升加成。》
《熟練度達到一定程度。技能〈集中LV3〉升級爲〈集中LV4〉。》
《熟練度達到一定程度。技能〈命中LV3〉升級爲〈命中LV4〉。》
《熟練度達到一定程度。技能〈堅固LV2〉升級爲〈堅固LV3〉。》
《取得技能點數。》

聽到這個聲音的瞬間，我迅速躲進簡易版的家裡面。

這次升級的時機算是好，但也算不好。

我要脫皮了。

我著急地脫去舊皮，被扯斷的腳也順利復原了。脫掉舊皮後，我迅速回到戰場上，就連脫皮時消耗的一點點時間，在這種狀況下也很要命。

如我所料，猿猴已經爬到簡易版的家上。

猿猴的威脅終於逼近到最終防衛線。

等級提升讓我即將耗盡的MP和SP完全恢復。

不過，早已錯過靠這樣就能解決問題的時機。

不，還有辦法。

我從簡易版的家的邊緣伸出腳。

那隻腳立刻被猿猴抓住，但是管他的！

我碰觸自己剛才到處亂撒，現在已經變成一個巨大塊狀物體的絲。

我灌注所有力量發動操絲術，讓力量緩緩滲入絲中。

隨著技能等級的提升，我能操縱的絲的數量也增加了不少。

雖然沒辦法完全操縱整個絲塊，但是無所謂。

因為絲的量太多，所以剛才恢復的MP再次以驚人的速度減少。

然後，我被抓住的腳再次發出令人反感的聲音。

猿猴的手從外面伸了過來。

我好不容易才避免讓頭被抓住，但身體被抓到了。

猿猴毫不留情地使勁握住我的身體。

HP開始急速減少，身上傳來劇痛。

《熟練度達到一定程度。取得技能〈生命LV1〉。》

《熟練度達到一定程度。取得技能〈魔量LV1〉。》

在聽到天之聲（暫定）的同時，絲的準備也完成了。

我用盡剩下的力量操縱絲。在我的指示之下，絲從牆壁上剝落了。

當然還帶著黏在上面的猿猴。

隨著一聲巨響，可說是另一道牆壁的絲塊和猿猴們，就這樣倒向留在地上的猿猴們。

《經驗值達到一定程度。個體——小型蜘蛛怪從ＬＶ5升級爲ＬＶ6。》

《各項基礎能力值上升。》

《取得技能熟練度等級提升加成。》

《熟練度達到一定程度。技能〈操絲術ＬＶ6〉升級爲〈操絲術ＬＶ7〉。》

《熟練度達到一定程度。技能〈過食ＬＶ3〉升級爲〈過食ＬＶ4〉。》

《取得技能點數。》

《經驗值達到一定程度。個體——小型蜘蛛怪從ＬＶ6升級爲ＬＶ7。》

《各項基礎能力值上升。》

《取得技能熟練度等級提升加成。》

《熟練度達到一定程度。技能〈痛覺減輕ＬＶ5〉升級爲〈痛覺減輕ＬＶ6〉。》

《熟練度達到一定程度。技能〈隱密ＬＶ5〉升級爲〈隱密ＬＶ6〉。》

《熟練度達到一定程度。技能〈閃避ＬＶ1〉升級爲〈閃避ＬＶ2〉。》

《取得技能點數。》

我成功地一口氣殺掉大量猿猴。

拜等級提升後的脫皮所賜，抓住我身體和腳的猿猴都放開手了。

猿猴的手中抓著兩張舊皮。

超過大半的猿猴都隨著絲塊崩落而摔到地上，但抓住簡易版的家的猿猴依然健在。

話雖如此，牠們的身體也早已被簡易版的家的絲纏住。

為了讓牠們無法動彈，我又多補了一些絲上去，然後用毒牙確實地逐一了結牠們的性命。

當我成功解決最後一隻時，才總算是鬆了口氣。

雖然事情還沒結束，我算是撐過一道難關了。

我努力鞭策想要鬆懈的心。因為事情還沒結束，猿猴還沒全滅。

在敵人全滅之前，絕對不能鬆懈下來。

我立刻跑出簡易版的家，察看下方的狀況。

我看到非常驚人的光景。

那就是被絲抓住，動彈不得地摔在地上的猿猴屍體，以及被那些屍體壓死的猿猴屍體。

然後，在這幅悽慘的光景中，依然存在著尚未失去鬥志的倖存猿猴。

我立刻在牆上舖設新的絲。

猿猴們還沒有放棄。只要重整好態勢，就會再次進攻。

在此之前，我也得作好準備才行。

猿猴們的援軍再次出現。到底要來多少隻啊……拜託放過我吧。

然而在這些援軍之中，有幾個不該出現的傢伙。

〈鱷嘴猿　ＬＶ３　能力值鑑定失敗〉

〈鱷嘴猿　ＬＶ４　能力值鑑定失敗〉

〈鱷嘴猿　ＬＶ６　能力值鑑定失敗〉

牠們有著一張狀似巨大鱷嘴的嘴巴，嘴裡露出無數顆有如鋸齒般的凶惡尖牙。身長比起之前的猿猴大上一倍，體型也相當粗壯。那是一種奇形怪狀的巨猿。

那是我來到這個廣闊區域後初次見到的魔物。

猿猴的種族名稱是巨口猿。早在看到牠們相似的名稱時，我就應該發現了。那種巨猿是猿猴的進化種。

在猿猴的援軍之中，出現了不該出現的魔物。

緩緩現身的那些傢伙一共有三隻。

以我看到的傢伙中，牠們的等級還算低，但既然敵人是上位魔物，就算等級低也不能小看。

再說，就連猿猴在正面交戰的情況下都算是強敵了，我想身為其進化種的巨猿也不可能弱到哪裡去。

巨猿光看其外表就很凶狠，我最好還是認為牠們的實力比猿猴強上不只一個檔次比較好。

雖然肯定比不上地龍，但比猿猴還要強大的強敵一口氣來了三隻。

這場戰鬥的難度又提高了。

我只愣了一下。

因為倖存的猿猴們展開行動，所以我的意識也被強制拉回現實。

猿猴們避開倒下的絲塊，往左右兩側大幅迂迴，再次開始爬牆。

從牠們的動作看來，我知道牠們相當提防我的絲。這些傢伙真是難纏。

我一邊注意著巨猿，一邊繼續吐絲。

巨猿還沒展開行動。這表示牠們不會積極配合猿猴們的攻勢嗎？

若是這樣就好了，但我可不能太過樂觀，得一直提防牠們的動向才行。

猿猴們已經不再丟石頭了。

可能因為效果不大，也可能因為崩落的絲塊太過礙事，讓牠們沒辦法把石頭丟到我這邊。

牠們似乎打算放棄投石攻擊，專心爬牆，但對我來說這樣反而更好。因為單純的投石攻擊其實很有效，不但會削減我的ＨＰ，還會妨礙我的行動，不會再有這種攻擊當然是再好不過。

就在這時，巨猿行動了。

巨猿輕易地舉起岩石。咦……岩石！

雖然巨猿剛才舉得很輕鬆，但黏在這個簡易版的家上面的石片，不就是從那顆岩石上削下來的嗎？

那顆岩石應該是深深埋進地面才對，但還是被輕鬆拔出來了！

就連被我削下來的薄片都重得不得了耶！

咦？牠想用那顆岩石做什麼？等等，你把岩石舉得那麼高幹嘛？不會吧！

我連忙逃離簡易版的家。

下一瞬間，岩石就化為砲彈射進簡易版的家。

揚起的沙塵散去後，簡易版的家已經被岩石徹底壓扁了。

騙人的吧？

這力氣太誇張了吧……要是挨了那種攻擊，只要一發就死定了吧？

幸好巨猿身旁已經沒有大小剛好的岩石，不會再有那種誇張的砲彈飛過來。

不過，簡易版的家這個最終防衛線就這樣被輕易破壞掉了。

從現在開始，我將不得不在沒有簡易版的家的情況下戰鬥。

這可不妙。

雖然沒辦法仰賴簡易版的家的防禦力是一大問題，但失去踏腳處的問題最為嚴重。

我先前之所以有辦法迎戰猿猴大軍，是因為可以站在穩定的踏腳處上專心攻擊。

在失去踏腳處的現在，我很可能一個不小心就摔下去。

因為我有把保命絲黏在天花板上，所以不會直接倒栽蔥地摔落地面，但這依然會讓我變得毫無防備。

一旦露出那樣的破綻，猿猴們絕對不會放過機會。

我迅速做出決斷。

就算只是粗製濫造也行，我要用絲搭建踏腳處。

雖然這段期間我將無法在其他地方設置絲，但要是猿猴們逼近就來不及搭建踏腳處了。

如果不趁現在搭好踏腳處，我之後一定會後悔。

很好！足以讓我站立活動的踏腳處算是完成了！

我要在這裡迎擊猿猴大軍。防衛戰的第二回合開打了。

猿猴大軍大舉進逼。我不斷往牠們前進的方向上灑絲。

情況就跟第一回合時一模一樣。只不過，有一件事情改變了。

那就是猿猴們已經理解我的絲的性質。

牠們明白只要被抓住就再也逃不掉。

因此，在前面帶頭的猿猴故意大大地展開身體，然後才入侵有絲的地區。

目的是用自己的身體黏住更廣範圍的絲，盡量減輕後方猿猴的負擔。

因此，牆壁上黏著好幾隻變成大字型的猿猴。

而且牠們還緊緊抓著牆壁，防止我把絲從牆壁上一口氣扯下來。

後方的猿猴們就在這樣完成的猿猴道路上前進。

在被我的絲纏住的瞬間，後方的猿猴也立刻選擇往下一跳。

這是一種不顧己身的瘋狂捨身戰法。

儘管如此，牠們還是找到了這般正確的對策，實在是令人佩服。

真的很難纏。

但不管牠們採取什麼對策，既然是建立在犧牲之上，那猿猴們越是前進，數量就會越少。

自從巨猿出現之後，就不再有新的援軍了。

如果繼續這樣打下去，在成功抵達我這邊之前，猿猴就會全滅。

前提是巨猿不採取行動。

我一直都在提防著巨猿。

我得一邊對付猿猴大軍，一邊對巨猿保持警戒才行。

這個過程相當耗費精神。

拜此所賜，集中的技能等級又提升了。

然後，巨猿終於有動作了。

先行動的是等級最低的傢伙。

牠轉身背對這裡，並且開始走向後方。

如果牠能這樣離開就好了，可惜世上不會有這麼便宜的事。

巨猿轉身看向這裡後就突然筆直衝了過來。

不會吧！

我的直覺告訴我現在的猜測即將成真，於是我立刻準備迎擊。

我的猜測果然成真了，巨猿靠著助跑跳過絲塊。

然後用牠驚人的跳躍力，一口氣跳向我這邊。
我在千鈞一髮之際，把臨時準備好的投網丟向跳過來的巨猿。
在空中避無可避的巨猿被投網輕易抓住。
因為被投網抓住，巨猿前進的軌道稍微往下偏離了。
牠就這樣狠狠撞上我正下方的牆壁。
發出一聲沉重的巨響後，巨猿就被絲纏住身體，黏在牆壁上動也不動了。
即使處於這樣的狀態下，巨猿也馬上就醒了過來，為了掙脫絲而開始掙扎。
為了不讓巨猿得逞，我一邊繼續把絲吐到牠身上，一邊用毒合成製造出蜘蛛毒，把毒液滴向牠的大嘴巴。
絲和毒液的雙重攻擊讓巨猿痛苦掙扎。
在對一發蜘蛛毒還毒不死巨猿這件事感到有些焦急的同時，我又合成了一發蜘蛛毒。
毒液水球準確地落入巨猿的大嘴巴之中。
《經驗值達到一定程度。個體——小型蜘蛛怪從LV7升級爲LV8。》
《各項基礎能力值上升。》
《取得技能熟練度等級提升加成。》
《熟練度達到一定程度。技能〈視覺領域擴大LV1〉升級爲〈視覺領域擴大LV2〉。》

《熟練度達到一定程度。技能〈酸抗性ＬＶ３〉升級爲〈酸抗性ＬＶ４〉。》

《取得技能點數。》

等級提升這件事讓我明白巨猿已經斷氣。

我迅速脫掉舊皮，因為現在還不能放心。

我轉頭看向朝我進攻的猿猴大軍，卻意外看見另一隻巨猿。

當我把注意力全放在剛才跳過來的巨猿身上時，這傢伙趁機從猿猴們的進軍路線爬上來了。

好快！

牠剛才明明還在地上，現在居然已經爬到這裡了。

巨猿爬過之處的猿猴全都被毫不留情地壓死。

牠就是靠著如此驚人的腿力和握力，在一瞬間爬到現在這個地方。

我慌張地朝向巨猿吐絲。

儘管在垂直的牆壁上攀爬，巨猿依然靈活避開了絲線。

不過，牠閃避的地方沒有猿猴用身體鋪成的通道。

那裡的牆壁上鋪滿了我的絲。

巨猿被黏在牆上。

雖然牠立刻使勁掙扎，想要擺脫絲的束縛，但即使巨猿力大無窮，也沒辦法輕易扯掉我的絲。

在絲被扯掉之前，牆壁已經開始發出危險的崩裂聲了。

當然，我不可能讓牠一直掙扎下去。

我立刻朝向牠的全身吐出追加的絲。

這樣應該可以撐上好一段時間。

我立刻移回視線。

既然第二隻已經採取行動，那第三隻肯定也一樣。

我的推測成真了。

我馬上就發現第三隻巨猿。

牠正準備用那張血盆大口將我一口咬死。

——！

現在可不是擔心摔死的時候了。

我想也不想就採取行動。

我從踏腳處跳向空中。

我沒能完全避開，身體右側的每一隻腳和部分身體被咬碎了。

HP一口氣減少。

在感到非比尋常的劇痛的同時，我的意識也開始模糊不清。

不過，要是在這時候昏倒，我就再也醒不過來了。

我在空中迅速射出絲。

黏在牆上的絲讓我免於摔落地上。

可是我的身體還是因為反作用力而重重撞向牆壁，有一瞬間差點失去意識。

我咬緊牙關，拚命不讓自己昏死過去。

《熟練度達到一定程度。取得技能〈暈眩抗性ＬＶ１〉。》

因為新技能的影響，讓我勉強成功保住意識。

我將視線移向原本是踏腳處的上方。

第三隻巨猿破壞了踏腳處，卻被變成踏腳處殘骸的絲纏住身體。

這也是理所當然的事。

我不可能只做出普通的踏腳處。

我還讓踏腳處能在情況危急時直接變成陷阱。

不過，我沒想到踏腳處會被一擊摧毀就是了。

我往上移動。

由於我只剩下半數的腳，只能靠著操絲術把自己的身體吊上去。

我移動到還在掙扎亂動的巨猿頭上。

然後用操絲術控制住巨猿的身體，還讓牠張大嘴巴。

我用毒合成製造出蜘蛛毒，把毒液灌進牠嘴裡。

《經驗值達到一定程度。個體——小型蜘蛛怪從LV8升級爲LV9。》
《各項基礎能力值上升。》
《取得技能熟練度等級提升加成。》
《熟練度達到一定程度。技能〈HP自動恢復LV2〉升級爲〈HP自動恢復LV3〉。》
《熟練度達到一定程度。技能〈生命LV1〉升級爲〈生命LV2〉。》
《熟練度達到一定程度。技能〈爆發LV1〉升級爲〈爆發LV2〉。》
《熟練度達到一定程度。技能〈持久LV1〉升級爲〈持久LV2〉。》
《取得技能點數。》

等級提升讓我開始脫皮。

呼。我還以為死定了呢。剛才的狀況真的很危險。

要是沒能提升等級，我說不定真的會死。

不過，到此為止了。

由於第二隻巨猿也差不多要擺脫絲的束縛，我又多追加了一些絲上去。

因為好不容易完成的道路被巨猿踩壞，剩下的猿猴前進的距離並沒有我想像得多。

事實上，牠們的聯合作戰已經被打亂，陷入一片混亂。

不但不再丟石頭過來，數量也減少許多。

咦？就算不把牠們全部殺掉，我好像也能逃得掉耶。

不，都打到這個地步了，我不可能選擇逃跑。

要不然，我當初離家就一點意義都沒有了。

我明明早已下定決心不再逃跑，這種時候又怎麼能逃？

最後一隻猿猴在我眼前被絲纏住。

牠伸出的手，只差一點就能碰到我。

但那隻手也被絲纏住，完全無法行動。

我環視周圍。

到處都是被絲纏住的猿猴。

沒有一隻猿猴能自由行動。

為了保險起見，我還眺望地面，把能看到的範圍都大致看過一遍，不過都沒有看見猿猴的援軍。

即使側耳傾聽，也聽不見援軍趕來的聲音。

我總算成功封鎖所有猿猴的行動。

雖然勝利的喜悅差點讓我放鬆心情，但現在鬆懈還太早了。

畢竟我只是讓牠們無法行動，還沒有殺光牠們。

在我下方有數之不盡的被捕猿猴。

其中還有一隻體型特別大的巨猿。

最後一隻巨猿還在掙扎著想要扯斷身上的絲。

事實上，巨猿的力量也超過了絲能承受的限度。

即使不至於馬上斷裂，但要是放著不管，那傢伙遲早會成功掙脫。

所以每當牠快要掙脫時，我就會重新用絲把牠綑起來。

我剛才就是這樣一邊迎戰猿猴大軍，一邊持續綑綁巨猿。

這件事比我想像得還要辛苦。

還好我沒在擊敗兩隻巨猿時就鬆懈下來。

由於控制巨猿行動這件事比我想的還要費力，我的ＭＰ和ＳＰ都快要耗盡了。

我之所以沒有先解決巨猿，而是放牠繼續活下去，單純只是因為沒時間給牠最後一擊罷了。

在猿猴大軍不斷進逼的情況下，我根本沒時間解決巨猿。

一方面也是因為巨猿的所在位置正好在猿猴的進軍路線上。

如果想要解決巨猿，我就勢必得主動接近猿猴大軍。

我當然不可能做這種跟自殺沒兩樣的事。

最讓我擔心的一件事，就是不知道那些猿猴會不會幫忙解開巨猿身上的絲。

如果有猿猴的幫助，憑巨猿的力量，說不定有辦法掙脫我的絲，而我對此相當擔心。

不過猿猴們並沒有那麼做。

不知為何，那些重視效率到甚至不惜一死的地步的猿猴，並沒有採用幫助巨猿這個當時效果最好的戰法。

這讓我鬆了一口氣，但猿猴的行動原理依然是個謎題。

不過，若要討論這件事，其實這次的襲擊行動本身就很莫名其妙。

總不可能只是為了吃掉我就如此大費周章吧？總之，我不明白牠們襲擊我的理由。

我唯一能想到的理由，就是之前曾經有一隻猿猴被我反過來擊敗。如果說牠們只因為這樣就做到這個地步，又讓人難以置信……

嗯，就算再怎麼想也沒用，反正我也不可能理解魔物的想法。

總之，還是先解決掉巨猿吧。

我實在沒有勇氣直接咬那種危險生物。

因為這個緣故，我跟解決之前那兩隻巨猿時一樣，在牠頭上用毒合成製造出蜘蛛毒，然後把毒液灌進牠口中。

在吞下兩發毒液後，巨猿就動也不動了。

由於最大的威脅總算消失，我用毒牙一隻一隻確實地解決掉剩下的猿猴。

使用毒牙也會稍微消耗ＳＰ，不過我至今為止從來不曾在意過這件事。

因為使用毒牙的成本很低，而且我以前從未遇過ＳＰ耗盡的狀況。

可是猿猴的數量實在太多了。就算是成本低廉的毒牙，使用太多次也還是會用盡。

逼不得已，我只好在途中吃掉猿猴，恢復體力。

也許是為了做垂死的抵抗，只要我一接近，動彈不得的猿猴們就會發出威嚇。

雖然威嚇聲中似乎夾雜著些許畏懼，但我可管不了那麼多。

既然你們這些傢伙敢主動開戰要我的命，就該作好自己也會被殺的心理準備。

不要等到自己要被殺時才哭著求饒。

基於這個理由，我毫不在意地解決牠們。

《滿足條件。取得稱號〈無情〉。》

《基於稱號〈無情〉的效果，取得技能〈外道魔法LV1〉、〈外道抗性LV1〉。》

《〈外道魔法LV1〉被整合為〈外道魔法LV2〉。》

我好像得到稱號了，而且又是個感覺有些危險的稱號。

這已經是第二個附帶外道魔法的稱號了。

我只能對此表達遺憾。

我才不是什麼邪魔歪道（註：此處的原文是「外道」。外道是佛教術語，意指佛法之外的宗教。在日文中有邪魔歪道的意思）！我是說真的！

總之，還是晚點再來確認新技能的效果吧。

因為剛才戰鬥時，我的等級好像提升了好幾級，還得到了一堆新技能，所以等到之後有時間時再來全部一次確認會比較好。

《經驗值達到一定程度。個體——小型蜘蛛怪從LV9升級爲LV10。》

《各項基礎能力值上升。》

《取得技能熟練度等級提升加成。》

《熟練度達到一定程度。技能〈毒合成LV2〉升級爲〈毒合成LV3〉。》

《熟練度達到一定程度。技能〈投擲LV2〉升級爲〈投擲LV3〉。》

《熟練度達到一定程度。技能〈魔量LV1〉升級爲〈魔量LV2〉。》

《取得技能點數。》

《滿足條件。個體——小型蜘蛛怪可以進化了。》

在機械性地解決猿猴的過程中，我的等級提升了。

這樣啊，原來我已經升到等級10了……也太快了吧！

雖然我記得在戰鬥的過程中，我確實提升了好幾級，沒想到居然已經能夠再次進化。

《有幾種能夠進化的上級種族。請從下列種族中選擇一種。

・蜘蛛怪

・小型毒蜘蛛怪》

嗯？

雖然我知道會有名字裡沒有「小型」的「蜘蛛怪」這個選項，但「小型毒蜘蛛怪」又是怎麼

回事？

既然名字裡多了「毒」這個字，難道是指擅長用毒的意思嗎？

算了，這個問題之後再想。

我可不能在這種無法放心的狀態下進化。

必須趕快把猿猴全部收拾掉才行。

《滿足條件。取得稱號〈魔物屠夫〉。》

《基於稱號〈魔物屠夫〉的效果，取得技能〈剛力ＬＶ１〉、「堅牢ＬＶ１〉。》

《〈強力ＬＶ３〉被整合為〈剛力ＬＶ１〉。》

《〈堅固ＬＶ３〉被整合為〈堅牢ＬＶ１〉。》

嗯？又是稱號？

而且又是可怕的稱號。

是魔物殺手的高級版嗎？

強力和堅固被整合到其他技能裡了？

看來之後得記得確認才行。

在此之後，我面不改色地把猿猴大軍處理掉。

我用毒牙咬個不停，只會偶爾停下來吃頓飯，或是加強一下猿猴身上的絲。

然後，我成功地把除了我之外的一切生命從這裡排除掉。

我贏了。

這次真的結束了。

力量從我身上迅速流失。不過，有某種比疲勞感更強烈的感覺湧上心頭。

我成功活下來啦！萬歲！

知道厲害了吧！我還活著！我還活著喔！

在被地龍轟飛，不得不落荒而逃時，我的心中滿是畏懼。

不過在感到畏懼的同時，心中也有些許不甘。

當我被迫逃離上層的家時，曾經立下誓言。

那就是我要活得有尊嚴。

但我一直沒能遵守這個誓言。

不要說什麼尊嚴了，我甚至只能為了活下去而不斷逃跑。

我認為自己的判斷沒錯，要不然我現在肯定早已沒命。

不過，就算我的判斷沒錯，但我捨棄尊嚴不斷逃命也是事實。

我只能一直逃跑，不斷畏懼，不停懊悔。

在這樣的情況下，我沒有選擇逃跑，在這場戰鬥中成功倖存了下來。

這一方面當然也是因為我無路可逃。

不過，我在沒有逃跑的情況下戰勝了。

自從來到這個下層後，我還是第一次得到貨真價實的勝利。

這讓我無比開心。

總覺得現在的我，不管遇上什麼敵人都能戰勝。

哇哈哈哈！

不管是勇者還是魔王，全都給我放馬過來吧！

啊……可是地龍還是算了吧。

我再次感受著心中的喜悅。

我活下來啦！

13 終幕

「哥爾夫先生，那就麻煩你帶路了。」

「沒問題。我才要麻煩您呢，勇者尤利烏斯大人。」

面對我的問候，身為迷宮領路人的哥爾夫先生畢恭畢敬地回禮。

一如其名，迷宮領路人就是負責在極度寬廣的艾爾羅大迷宮裡帶路的人。

哥爾夫先生在其中也算是老手中的老手。

為了替我這個勇者帶路，這次才會請來經驗老到的哥爾夫先生。

「話說，勇者大人這次前來探索迷宮，是為了討伐魔物嗎？」

「沒錯，據說這裡好像出現了特殊的蜘蛛怪。我就是來討伐那傢伙的。」

冒險者們曾經目擊到蜘蛛型魔物——蜘蛛怪的特異個體。

身為勇者的我，就是為了討伐那傢伙而被找來。

「好啦，那我們出發吧。」

我對著同伴和哥爾夫先生如此宣言，然後便一腳踏進廣闊的艾爾羅大迷宮的入口。

後記

各位新讀者和舊讀者大家好，我是馬場翁。

小弟在《成為小說家吧》連載的《轉生成蜘蛛又怎樣！》這部作品很榮幸地出版成書了。

嗯……該怎麼說呢……出書啊……角川先生，你認真的嗎？

主角可是蜘蛛喔。

光是外表就出局了吧？

還有，拿起這本書的各位讀者也一樣，你們認真的嗎？

讀了這本書的人，肯定是腦袋出了問題。

要不然就是有著超級喜歡蜘蛛這種特殊癖好的人。

我有一句話要送給你們這些人，那就是——

真是太感謝各位了！

最後是認真的致謝時間。

首先，我要感謝給這部奇怪作品機會的KADOKAWA大人和我的責編K，還要感謝在百忙之中負責繪製插畫的輝竜司大人，以及所有幫助過這部作品的人。

真的非常感謝大家，希望這不會是我最後一次向各位致謝。
因為馬場翁的冒險才正要開始！

Kadokawa Light Novels

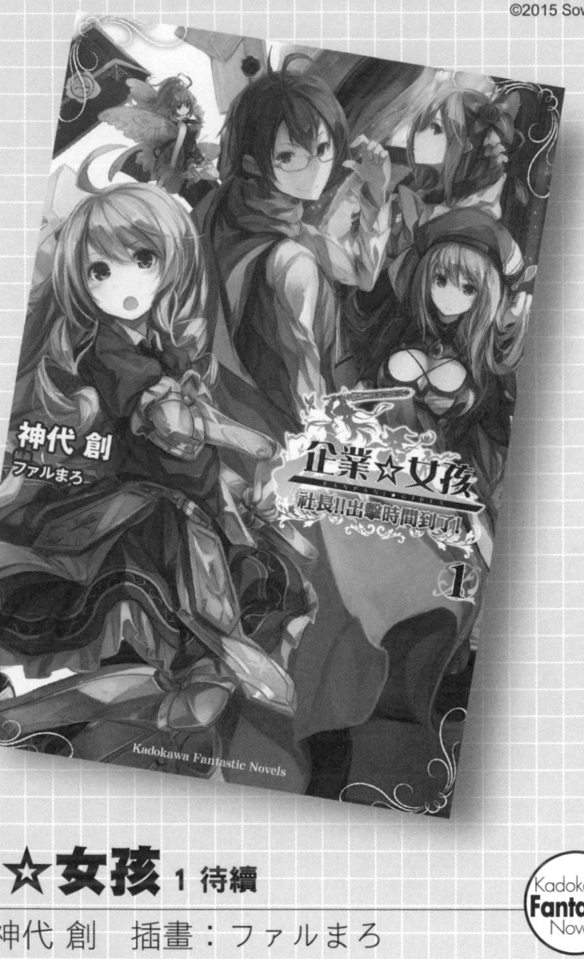

企業☆女孩 1 待續

作者：神代 創　插畫：ファルまろ

超人氣網頁遊戲改編，
冒險奇幻RPG官方小說登場！

平凡的上班族有村將人，某天突然穿越到劍與魔法的世界。他才穿越不久，馬上就遭到盜賊襲擊，危急時刻，一位名叫莫妮卡的少女劍士出手救了他。之後，將人在與莫妮卡同行的妖精露卡的建議下，決定成立傭兵公司，一邊開始尋找回到原來世界的線索──

NT$180/HK$55

台灣角川

Kadokawa Light Novels

關於我轉生變成史萊姆這檔事 5
Regarding Reincarnated to Slime
Story by Fuse, Illustration by Mitz Vah
伏瀨 插畫／みっつばー
Kadokawa Fantastic Novels

關於我轉生變成史萊姆這檔事 1~5 待續

作者：伏瀨　插畫：みっつばー

新魔王即將誕生——
話題沸騰的魔物轉生記，波濤洶湧的第五集！

全副武裝的人類集團正逼近魔國聯邦——在利姆路離開的這段期間，魔國聯邦的居民面臨突如其來的困境不知如何是好之際，竟又傳出魔王蜜莉姆向獸王國猶拉瑟尼亞宣戰的消息！然而這些只是開端，面對「異界旅客」，他們將面臨更深沉的絕望與瘋狂……

台灣角川

各 NT$250~280/HK$75~85

Kadokawa Light Novels

無職轉生～到了異世界就拿出真本事～ 1~5 待續

作者：理不尽な孫の手　插畫：シロタカ

終於抵達米里斯神聖國首都，
與至親的意料外重逢!?

魯迪烏斯和暴力大小姐艾莉絲，身經百戰的勇士瑞傑路德，以及新加入的基斯一起到達米里斯神聖國的首都。但魯迪烏斯卻又再度目擊綁架事件！基於「Dead End」的規範，為了救出被綁架的少年，魯迪烏斯潛入綁匪的藏身處……

各 NT$250~270/HK$75~80

國家圖書館出版品預行編目(CIP)資料

轉生成蜘蛛又怎樣! / 馬場翁作 ; 廖文斌譯. -- 初版.
-- 臺北市 : 臺灣角川, 2016.11-
冊 ; 公分
譯自 : 蜘蛛ですが、なにか?
ISBN 978-986-473-383-5(第1冊 : 平裝)

861.57 105018851

轉生成蜘蛛又怎樣！ 1

（原著名：蜘蛛ですが、なにか？）

2016年12月15日 初版第1刷發行
2021年9月15日 初版第7刷發行

作者：馬場翁
插畫：輝竜司
譯者：廖文斌

發行人：岩崎剛人
總編輯：蔡佩芬
編輯：蘇涵
美術設計：李思穎
印務：李明修（主任）、張加恩（主任）、張凱棋

發行所：台灣角川股份有限公司
地址：104台北市中山區松江路223號3樓
電話：（02）2515-3000
傳真：（02）2515-0033
網址：www.kadokawa.com.tw
劃撥帳戶：台灣角川股份有限公司
劃撥帳號：19487412
法律顧問：有澤法律事務所
製版：巨茂科技印刷有限公司
ISBN：978-986-473-383-5